The Third Quarter

제3쿼터

제3쿼터 The Third Quarter

화가 아내와 삶을 쓰고 길을 그리며 찾아낸 사랑의 생명수

초 판 1쇄 2025년 08월 19일

지은이 유영환, 현정숙
펴낸이 류종렬

펴낸곳 미다스북스
본부장 임종익
편집장 이다경, 김가영
디자인 임인영, 윤가희
책임진행 김요섭, 이예나, 안채원, 김은진

등록 2001년 3월 21일 제2001-000040호
주소 서울시 마포구 양화로 133 서교타워 711호
전화 02) 322-7802~3
팩스 02) 6007-1845
블로그 http://blog.naver.com/midasbooks
전자주소 midasbooks@hanmail.net
페이스북 https://www.facebook.com/midasbooks425
인스타그램 https://www.instagram.com/midasbooks

© 유영환, 현정숙, 미다스북스 2025, *Printed in Korea*.

ISBN 979-11-7355-367-7 03810

값 20,000원

미다스북스는 다음세대에게 필요한 지혜와 교양을 생각합니다.

The Third Quarter

제3쿼터

Caminio de Santiago

글 유영환 · 그림 현정숙

화가 아내와

삶을 쓰고

길을 그리며

찾아낸

사랑의 생명수

미다스북스

삶이 남긴 찌꺼기를 소환하다

높은 산꼭대기 위에 내가 있다. 거기엔 우주선 조종실 같은 방이 있고, 내가 조종간을 잡고 앉아 있다. 내가 왜 거기 있는지, 어쩌다 오게 되었는지는 전혀 기억나지 않는다. 여름인지 겨울인지도 분간이 안 간다.

주변에는 사방으로 거의 같은 높이의 산봉우리들이 수없이 널려 있고, 거기에도 사람들이 나처럼 앉아 있다. 아는 사람 같기도 하고, 아닌 것 같기도 하다. 봉우리와 봉우리 사이에 시뻘건 용암들이 흐르면서, 산봉우리들을 한 방향으로 밀어내고 있다. 용암은 고요하게 흐르다가 갑자기 요동치며 튀어 오른다. 불길은 악마의 혀처럼 뻗어 나가고, 여러 갈래로 갈라졌다가 다시 하나로 합쳐지며 산들을 삼킬 듯 휘돌고 있다.

사람들이 공포에 떨며 소리를 지른다. 너무 무섭다. 나도 소리를 지르는 것 같기는 한데, 다시 목구멍 속으로 기어들어 가 끽끽거리는 소리만 들린다. 산봉우리들이 흔들리기 시작한다. 처음엔 아주 느리게, 그러다 점점 빠르게 미끄러지듯 움직인다. 정신이 아득해진다. 눈을 떠 보니 꿈이었다.

이 꿈을 꾼 게 2020년 첫날이었다. 꿈에 불을 보면 좋은 징조라고 어디선가 들은 적이 있는데, 좋은 꿈인지 나쁜 꿈인지는 분간이 안 갔다. 그러더니 그해 초부터 '코로나19'가 전 세계를 3년 반 동안이나 뒤집어 났다.

아침이면 늘 비슷한 시간에 눈이 떠진다. 눈을 떠도 보고 싶은 사람이 없다. 특별히 하고 싶은 것도 없다. 가고 싶은 데도 없고, 갈 데도 없다. 오늘 하루도 어김없이 왔다가 어김없이 떠나갈 뿐이다. 밤이 되면 비슷한 시간에, 바퀴벌레가 제 집을 찾아가듯, 침대로 기어들어 간다. 나는 먹고 싸고 잠만 잘 뿐인 껍데기만 남은 하나의 생물체에 불과하다.

코로나바이러스가 가져다준 이 많은 시간의 자유를 어떻게 할 건가. 거실에 멍하니 앉아 있는 시간이 많아졌다. 통유리 창문을 통해 뒷마당을 바라보고 있노라면, 이 세상에 나 홀로 남겨져 있는 것 같다. 거실 창에 반사돼 비치는 낯선 사내가 나를 멍하니 바라보고 있다. 나이 70이 되어서야, 나는 내가 아무것도 아니라는 걸 알게 됐다. 지나온 나의 많은 세월들이, 춘궁기를 맞은 농부의 곳간처럼 텅 비어 있었다.

"이렇게 텅 비어 있을 수도 있구나."

그 텅 빈 세월 속으로, 달갑지 않은 과거의 기억들과 외로움이 함께 밀려 들어 온다. 플랫폼으로 서서히 다가오는 낡은 기관차처럼. 가까운 것들보다는 먼 것들이, 즐거웠던 것들보다는 버리고 싶은 것들이 더 소환력이 빠르다. 지우려고 노력할수록, 더욱 생생하게 되살아나는 것이 나쁜 기억들이다. 심지어는 꿈속에서 재생되기까지 한다. 나이 탓일 게다.

어느 작가가 말했다. "젊었을 때 남발한 어음은 노년에 지급 만기가 되어 돌아온다. 가혹한 추심자는 피도 눈물도 없다." 철모르는 시절의 방황, 게으름, 무절제의 삶은 노년이 되어 질병, 가난, 공허함이라는 통지서로 돌아온다. 그 추심자는 절대로 죄를 용납하지 않는 하나님이라는 걸 나는 안다. 하지만 하나님은 이 만기 어음을 갚을 능력을, 예수 그리스도를 통해 선물로 주신다는 것도 나는 안다.

"죄의 삯은 사망이요 하나님의 은사(선물)는 그리스도 예수 우리 주 안에 있는 영생이니라."(로마서 6장 23절)

그래서 나는 카미노로 간다.
삶의 찌꺼기를 버리러.
그리고, 만기가 되어 돌아온 불량 어음을 갚을 능력을 얻기 위해.

서점에 가면 카미노 산티아고 관련 서적들이 차고 넘친다. 나까지 책을 내서, 서점 한구석에서 먼지를 뒤집어쓰고 푸대접받지는 않을까라는 생각을 하니 망설여지기도 했다. 하지만 아내와 함께한, 인생에서 의미 있고 특별한 경험이었기에 작은 흔적이라도 남기고 싶었다.

이 글은 산티아고 순례길을 안내하는 가이드 북은 아니다. 가는 곳마다 그 지역을 소개하고 느낌을 기록한 기행문도 아니다. 순례길을 따라 순간순간 느꼈던, 내 삶의 에세이이자 아내의 그림 에세이다. 아내도 카미노의 아름다운 풍광을 자신의 작품 세계에 담기 위해, 마치 포충망으로 장면을 하나하나 걸러 내듯 애썼다. 아내와 함께한 카미노는 내 인생에 있어서 몇 가지 잘한 일 중의 하나였다.

출발할 때의 나의 옷차림새는 '진짜 순례자'였고 영성이 충만했다. 하지만 시간이 지나면서 서서히 '가짜 순례자' 모습이 드러났다. 나에게는 첫 유럽 여행인지라, 관광의 목적도 있었다. '순례 여행'이라고 표현하는 게 여러모로 맞다. 어느 날은 순례자였고 어느 날은 여행자였다. 하지만 '진짜 순례자'의 모습을 유지하려고 애쓰기는 했다.

책의 제목은 '제3쿼터(The Third Quarter)'라고 정했다. 100세 시대라고 한다. 인생을 농구 경기에 비교한다면, 지금의 나는 제3쿼터에 있는 셈이다. 이 순례를 다녀와서는 제4쿼터(The Fourth Quarter)를 준비하며 살겠다는 의미도 있다.

카미노에서 얻은 깨달음과 아름다움을 풀어 가는 이야기이기에 시간순으로 서술하지 않았다. 또한 카미노에서 만난 한국 사람들 중 소중한 인연들을 모아 책 뒷부분에 부록으로 실었다.

제 2 장
생명수의 강을 건너다

제1절
평화의 길

제2절
침묵의 길

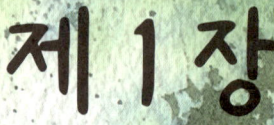

제 1 장

삶의 벽 앞에서
찾아낸 영혼의 길

카미노 산티아고.
36일 동안 걷는 게 힘들었지만 잘 버텨 냈다.
아내와 함께하는 여정이라서
더욱 보람이 있었다.

이래도 저래도 어차피 시간은 지나가는 법.
죽기 전에 다녀오지 않으면 후회할 거라며
아내가 먼저 도전해 보자고 제안했다.

40일 가까이 배낭 한 개 달랑 메고
세상과 단절한 채 걷기만 한다는 게
과연 현실적인가 하는 의문이 들었다.
아직은 돈 버는 일도 해야 하고
집에서 이것저것 해야 할 잡다한 일도 많은데 말이다.

출발하기 전에는 걱정이 앞섰다.
평소 천식을 안고 사는 내가 과연 완주할 수 있을까.
발, 허리에 조금 문제가 생긴 것 말고는
건강은 되레 더 좋아져서 돌아왔다.
하나님의 은총이었다.

아름답고 경이로운 순례길을
도화지에 스케치할 수 있었던 것은
화가인 아내에게도
큰 은총이었다.

짓누르는 공허감

원초적 고독, 무너지는 시간들

아침에 일어나자마자 아내와 함께 커피를 진하게 내려 마시는 게 습관이 된 지 꽤 오래됐다. 쌉쌀한 커피 한잔 마시며 아내와 얘기를 나누는 30여 분은 행복한 시간이다. 우리 부부가 함께 살아온 40년의 세월을 반추하기도 하고, 앞으로 남은 삶을 어떻게 살아내야 할까에 대해 이야기를 나누기도 한다.

올해 내 나이 70세.

어느새 인생이 훅 지나갔다. 나도 모르는 사이에 노인이 됐다. 나이는 숫자에 불과하다며, 아직도 몸과 마음은 청춘이라고 허세를 떨어 볼 나이이기도 하다. 하지만, 밀려오는 외로움과 공허감은 내가 어떻게 해 볼 수 있는 영역이 아니다. 덧없이 흘러간 세월과 이별하는 것도 아쉬운데, 별로 희망이 없어 보이고 무감각한 새로운 세월을 맞이한다는 건 거의 고문에 가깝다.

내가 미국에 온 건 2000년, 마흔다섯 살 때였다. 그때는 세상을 살 만큼 살았다고 여겼지만, 지금 생각해 보면 참 젊었었다. 술 마시기 위해 이 세상에 태어난 사람처럼 매일매일 마셔대던 시절. '술 잘 마시는 놈이 형님'이라며 아내의 잔소리를 요리조리 피해 다니곤 했었다.

평소에 알레르기성 천식으로 고생을 하고 있었는데, 술을 그렇게 마셔대니 상태는 더 나빠질 수밖에 없었다. 30대 초반에 천식이 생겨 고생을 했고, 지금도 현재 진행형이다. 응급실도 한국에서 두 번, 미국에서 한 번, 모두 세 번이나 갔었다. 미국행을 결정했을 때 내 주치의였던 신촌 세브란스 병원 알레르기과 교수는, 미국이 한국보다 공기가 좋으니 천식도 좋아질 거라며 반색했다. 하지만 그 의사는 내가 술을 그렇게 마셔대는 줄을 몰라서 하는 소리였다. 그럼에도 불구하고 술은 내 주변을 떠나지 못했다. 아니, 내가 술을 떠나지 못했다. 몸이 안 좋아지면 잠시 중단했다가, 좀 나아진 듯싶으면 또 마셔대곤 했다.

여기서 빠져나오지 않으면 '죽겠구나' 하는 생각이 들었다. 그래서 탈출구로 미국을 선택했다.

45세의 남자라면 한 번쯤 삶의 변화가 필요한 시기이기도 했다. 2000년 뉴 밀레니엄의 들뜬 분위기도 한몫했다.

나의 미국 이민 생활은 이렇게 애매하게 시작됐다. 다니던 직장을 통해서, 그저 오색구름을 타고 오듯 흘러서 미국에 들어왔다. 그러다 보니 크게 목표 의식도 없었다. 유학을 온 것도 아니었고, 아메리칸드림이 있었던 것도 아니었다. 한국에서 하던 일 그대로 미국에서 하는 것이었다. 다만 환경만 바뀌었을 뿐이었다. 한 가지 특별하게 좋았던 건, 한국에서처럼 타 신문사와의 치열한 경쟁이 없다는 점이었다.

나는 미국에서 25년을 살았다. 시간으로만 보면 적지 않은 세월이다. 하지만 돌이켜보면, 그저 '살아남았다'는 것 외에 손에 잡히는 게 별로 없다. 뭘 하며 살아왔는지, 무엇을 이루었는지, 또 무엇을 남겼는지 또렷하게 기억나는 게 없다. 그로 인한 허전함이 늘 가슴 한구석에 묵직하게 자리 잡고 있다.

세상이 주목하는 인물들, 마크 저커버그나 일론 머스크는 어떨까. 모든 것을 가진 것처럼 보이는 그들도, 말로는 설명할 수 없는 공허함과 싸우고 있을지도 모른다. 성공이나 부, 명예로도 채워지지 않는 그 뭔가가 그들 마음속 깊은 곳에도 분명 있을 것이다.

무신론자였던 이어령 교수는, '신의 부르심'으로 투병 생활을 견뎌냈다. 목사였던 사랑하는 딸을 암으로 먼저 보낸 후, 그에게는 말할 수 없는 상실감이 엄습했다. 본인마저 암 선고를 받고 시한부 인생으로 살고 있던 그는, 어느 작가로부터 "죽음이 두렵지 않냐?"라고 질문을 받았다. 이 교수는 솔직히 두렵다고 했다. "철창 안에 갇혀 있던 동물원의 호랑이가 철창을 뛰어

나와 나에게 덤벼들고 있다"고 했다. 그가 느꼈던 두려움은, 결국 죽음으로부터 오는 깊은 공허함과 고독감에서 비롯된 것이었을 것이다. 평생을 한국의 석학으로 살아온 그조차, 인간이 본래부터 지닌 '원초적 고독' 앞에서는 한없이 작아질 수밖에 없었으리라.

하물며, 필부인 나는 오죽할까.

팬데믹, 하나님의 심판인가

2020년 초반부터 시작된 팬데믹의 광기는, 내 삶에도 많은 변화를 가져다주었다. 70년을 살아왔지만 직접 몸으로 겪은 이런 세기적인 이변은 처음이었다. 내가 미국에 오자마자 터진 '911 테러'도 엄청난 충격이었지만, 이는 정치적, 종교적인 원인으로 발생한 하나의 큰 사건이었다. 세계 이곳저곳에서 지진, 허리케인, 화산 폭발 등 수많은 일들이 일어났지만, 늘 일어날 수 있는 자연재해였다.

하지만 '코로나19'는 성격이 달랐다. 전염병으로 인한 재해가 나의 세대에서 일어날 거라고는 상상도 못 했다. 인간들의 무분별한 자연 파괴가 이런 전염병의 원인이 될 수 있다는 보고서는, 성경에서 말하는 하나님의 심판을 연상시켰다. 넷플릭스에서 본 한국 드라마 〈킹덤〉이 현실이 된 듯했다.

인류 최초의 팬데믹이라 불리는 유럽의 흑사병은, 1664년부터 1666년까지 유럽을 초토화시켰다. 이는 너무 먼 과거의 일이고 역사적인 기록으로만 알고 있어, 나에게는 그렇게 현실감 있게 다가오지는 않았다. 게다가 흑사병은 유럽에만 한정돼 있었다. 하지만 '코로나19'는 전 세계적으로 퍼져 나갔고, 지금 내 눈앞에서 일어나고 있는 믿기 힘든 현실이었다. 나의 주변에서도 꽤 많은 사람들이 코로나바이러스에 감염돼 세상을 떠났다. 평소에 얼굴을 자주 보던 몇몇 사람들도 바이러스의 희생양이 됐다. 삶의 끝이 아닌, 삶의 한가운데서 죽음을 봤다. 다행히도 그놈의 바이러스는 나를 비켜 가기는 했지만, 당시의 두려움과 공포는 아직도 내 옆에 그대로 남아 있다. 2020년 새해 첫날 꾼 꿈이 팬데믹의 예고였던가 싶어, 섬뜩한 기분이 들었다.

공식적인 통계에 잡힌 사망자만 700만 명이었다. 중국, 인도 등에서는 막판에 아예 사망자 통계를 내는 걸 포기했다고 하니, 실제 사망자는 그 두 배 정도는 될 거라고 했다. 뉴욕에서는 병원 영안실에 코로나로 희생된 사체를 더 이상 보관할 곳이 없어서, 길거리에 냉동차가 등장할 정도였다. 여기가 미국이 맞나 싶었다. 그야말로 아수라장이었다.

산책을 갈 때는 꼭 마스크를 쓰고 나가야 했다. 당시에는 한국산 마스크가 최고 인기였다. 하지만 한 장에 5~6달러를 줘야 살 수 있었다. 코로나 바이러스는 서로 얼굴을 보며 지나치기만 해도 감염된다는 괴담마저 나돌았다. 마켓을 갈 때도 마스크에 장갑까지 끼고 완전 무장을 해야 했다. 혹시 바이러스가 눈으로 들어올지 모른다며 선글라스까지 썼다. 밖에 나갔다 오면 샤워부터 했다. 곧 잡힐 거라던 팬데믹은 갈수록 더 심각해졌고 민심은 흉흉해져 갔다.

아내가 운영하던 아트 스튜디오도 강제로 문을 닫아야만 했다. 그 대신 정부에서 보조금을 적당히 지불해 줬다. 내가 하던 부동산 일도 한산해졌다. 코로나가 무서워서 집 밖에도 못 나가는 상황이니, 누가 집을 사고팔겠는가. 그러던 어느 날, 아들이 아내에게 그림 그리기 유튜브를 한번 시작해 보라고 권했다. 아내는 그림을 그리는 영상을 만들고, 나는 편집을 맡기로 했다. 산책 갔다 와서 아내의 유튜브 채널에 영상을 올리는 일이, 팬데믹 동안 우리 삶의 전부였다. 그것마저 안 하면 살아 있다고 볼 수 없는 삶이었다.

공황장애에 시달리다

팬데믹 3년 반 동안은 나도, 내 삶도, 내 주변도 적막했다. 모든 게 정지된 듯했다.

땅거미가 질 무렵이면 슬슬 불안해지기 시작했다. 그 불안의 원인은 나도 알 수 없었다. 발톱을 세운 어둠이 저 멀리서부터 내 몸을 스륵스륵 덮쳐 왔다. 나의 영혼은 신음 소리를 내며 공포에 물어뜯기고 있었다. 샤워할 때는 샤워장이 좁아지며, 희뿌연 안개가 나의 머리부터 아래쪽으로 짓누르며 내려왔다. 샤워도 제대로 못 하고 허겁지겁 뛰어나오곤 했다. 헛것을 본 것 같았다.

교회 성가대에서 연습하다 숨이 막혀 뛰쳐나오기도 했다. 그날 오후, 집 근처 공원을 아내와 산책하다 호흡 곤란으로 응급실에 가는 사태까지 벌어졌다. 나의 폐는 금세 물 밖으로 뛰어나온 물고기의 아가미처럼 헐떡거렸다. 모든 것이 그대로 있었지만, 나에게는 모든 것이 달라져 보였다. 내가 알고 있는 세상이 아니었다.

미국 병원 주치의는, 내 기준으로 보면 의사라고 보기보다 상담사에 가까웠다. 적절한 약을 처방해 주고 환자를 최대한 안심시키는 것이 의사의 역할 아닌가. 우울증에서 오는 것일 수도 있으니, 정신과 의사와 상담 한번 해 보라는 게 그의 유일한 처방이었다. "미쳤냐, 내가 정신 병원에 가게."

이 공포의 정체는 도대체 뭘까.

데일 카네기는 『자기 관리론』에서 '공황장애를 포함한 정신적 정서적 질환을 앓는 환자들 대부분이, 누적된 어제와 두려운 내일이라는 부담감을 버티지 못한 게 원인'이라고 했다.

맞다. 내 공포의 정체는 공황장애였고, 과거에 대한 회한과 미래에 대한 걱정이라고 나 스스로 진단을 내렸다.

70년을 살아온 내 삶 속에는, 몸서리치도록 버리고 싶은 삶의 찌꺼기들이 쌓여 있다. 몸속에 남아 있으면 독이 될 뿐이다. 커피를 내리고 난 후 필터에 남아 있는 찌꺼기는 쓸모라도 있다. 퇴비화시켜 화초에 뿌려 주면 더 싱싱해진다고 하니까. 앞서 말했듯, 만기가 되어 돌아온 불량 어음을 처리

하지 않으면, 나는 내 인생의 신용 불량자가 된다. 이 불량 어음과 찌꺼기들, 그리고 그로부터 오는 공허함이 공황장애의 진원지임에 틀림없었다.

몸무게가 5킬로그램이나 빠져나갔다. 비교적 마른 편이라, 뱃살 말고는 몸속에 저장해 놓은 게 많지 않아 다리마저 휘청거렸다. 그저 체력이 부족한 줄 알았는데, 어느 순간부터는 머릿속이 무겁고, 감정도 점점 무뎌졌다. 내 영혼마저 살금살금 갉아먹히고 있는 느낌이었다.

어느 보도에 의하면, 우울증은 담배를 하루에 15개비를 피우는 만큼 인체에 해롭다고 했다. WHO(세계 보건 기구)에서조차 '긴급한 위협'이라고 선포하기도 했다. 심혈관 질환의 위험을 30% 이상 높일 수 있다고 경고하기도 했다.

공황장애는 곧 죽을 것 같은 공포감이 덮쳐 오지만, 정말 당장 죽음에 이를 확률은 적다고 한다. 하지만 나는 내 어깨에 올라타고 혀를 날름대는 이 '사탄'이 싫었고 두려웠다. 나는 이 우울증의 정체는 사탄이라고 확신했다. 멀쩡했던 내가, 공포에 시달리는 이유를 달리 설명할 방법이 없었다. 탈출구를 찾지 않으면 시름시름 앓다가 이대로 사라질 수도 있다는 생각이 들었다.

아내가 찾아낸 치료법

낮에는 그럭저럭 버틸 만했다. 어둑어둑 해가 지면, 방 안의 공기가 짙어지며 나의 허파를 점점 압박해 왔다.

〈나는 자연인이다〉라는 한국 방송 프로그램을 유튜브를 통해 우연히 보게 됐다. 이유야 각자 다르지만, 속세를 떠나 산이나 섬, 바닷가 어디선가에 묻혀 별난 삶을 사는 주인공들을 보면서 공감과 위안을 받았다.

아내는 내가 이 방송을 보면서 나의 불안감이 슬그머니 가라앉는다는 것을 알아챘다. 그러더니 묘약을 찾아낸 듯, 스페인에 있는 산티아고 순례길을 걸어서 완주하자고 제안했다.

아내는 또 이런저런 그럴싸한 이유들을 들이댔다. 산티아고 순례길을 걸으면서 삶의 찌꺼기들을 다 쏟아 놓고 오자고 했다. 아무 생각도 하지 말고, 아침부터 저녁까지 그냥 걸어 보자는 것이다. 걸으면서 아름다운 스페인의 경관을 스케치하고, 나는 사진을 찍고 비디오도 촬영해서 유튜브에 올리면 금상첨화가 아니겠냐고. 먹고사는 문제야 지금 가진 것 범위 내에서 해결하면 되지 않느냐면서, 재산에 0이 하나 더 있으나 없으나 우리 전체 인생에는 아무 차이가 없다고도 했다. 우리의 삶을 다시 되돌아보는 좋은 시간이 될 거고, 그러고 나면 앞으로의 삶에 대한 방향도 잡힐 거라고 했다. 그리고 나의 그 나약한 정신 상태도 좀 강해지지 않겠느냐면서, 마지막 카운터펀치를 날렸다.

게다가 한술 더 떴다. 당신 삶의 무게를 대신 지고 가 주실 분을 만나고 오자고 했다. 800킬로미터를 걸어서 순례의 길을 가다 보면 분명히 '그분'을 직접 만날 수 있을 거라고 했다. 산티아고에 가면 예수님이 사랑하신 제자 성 야고보가 기다리고 있을 거고, 그를 통해서 예수님의 사랑을 깨닫게 될 거라고.

나는 이미 카운터펀치를 맞은 상태라 더 이상 저항이 불가능했다. 어디론가 떠나는 것이나, 집에서 시간을 죽이고 있는 것이나, 나에게는 별로 상관이 없었다. 내가 어디에 있든 세상은 달라지지 않을 것이기 때문이다.

"그래, 한번 가 보자."

카미노는 바보들이나 하는 짓?

종교 개혁자들의 조롱

스페인은 1492년 이슬람 세력이 이베리아반도에서 물러날 때까지 700년이 넘는 긴 기간 동안 그들의 지배를 받았다. 이베리아반도에서 이슬람 세력을 몰아내는 국토 회복 운동(레콘키스타)은 아스투리아스 왕국이 건국된 718년부터 약 750년 동안 펼쳐졌다. 아스투리아스 지방은 메세타 고원을 지나갈 때 보이는 칸타브리아 산맥 너머 지역이다. 이 지역은 이슬람 세력의 공격으로부터 방어할 수 있는 천연의 요새였고 요충지였다. 산티아고 순례길의 막이 본격적으로 열린 것은, 아스투리아스 지방에 남아 있던 그리스도인들이 반격에 나서 갈리시아 지역을 되찾은 뒤부터였다.

국토 회복 운동 기간 동안 산티아고에 묻혀 있는 성 야고보는 그리스도인들의 정신적 지주가 되었다. 그리스도인들은 성 야고보의 무덤을 찾아와, 이슬람교도들에게 빼앗긴 국토를 되찾게 해달라고 기도했다. 많은 왕들은 전장에 나가면서 성 야고보의 무덤을 참배하기도 했다. 그러면서 순례길은 서서히 터를 잡아 나갔다. 이후에도 세금 혜택, 자유 통행권 등의 혜택을 주고, 프랑스에서 많은 사람들을 이주시키면서 순례길은 더욱 활성화되었다. 이때 순례자들을 위한 숙소인 '오피스탈'이 생겼고, 병원 등 여러 가지 편의 시설도 나타나게 되었다.

이 프랑스 길은 국토 회복 운동 기간 동안 이슬람 세력이 가톨릭 세력에 의해 남쪽으로 밀리면서 생겨난 결과물이다. 이후 프랑스 길은 산티아고로 가는 가장 빠르고 안전한 길로 인식되면서 자리를 잡게 됐다.

종교 개혁자 마르틴 루터는 죄가 자신을 더럽힌다는 생각이 들 때마다 견딜 수가 없었다고 했다. 죄로 더럽혀진 몸을 채찍으로 내리쳐 보기도 했다. 죄를 용서받을 수 있다고 해서, 로마 라테라노 대성당의 빌라도 계단을 무릎으로 오르내리는 고행도 해 봤다. 무릎에서는 피가 철철 났다. 하지만 그의 마음은 여전히 맑아지지 않았다. 아무리 육체적인 고행을 해도, 죄를 용서받았다는 생각이 안 들었다.

결국, 그는 구원은 '오직 믿음(Sola Fide)'과 '오직 은혜(Sola Gratia)'를 통해서만 가능하다는 결론을 내렸다.

루터가 활동하던 16세기 당시에는, 성지 순례는 종교적 경건함보다 경제적 이익과 상업적 동기에 의해 권장되는 경우가 많았다. 특히 성물 숭배와

면죄부 판매가 성행하면서, 순례는 신앙의 본질에서 점점 멀어져 갔다. 그는 순례와 같은 행위로 구원을 얻으려는 시도는 잘못된 것이라고 여겼고, 심지어는 바보들이나 하는 짓이라고 조롱하기까지 했다. 본인도 수도사였던 루터는, 당시 타락한 수도사들의 모습에 허탈한 심정이었다. 부패할 대로 부패한 교황청을 바라보는 루터는, 신앙적 갈등이 이만저만이 아니었다. 그는 교회에서의 가르침이 성경과는 너무 어긋난다고 보았고, 이를 개혁해야만 한다는 강한 사명감을 느꼈다.

루터뿐만이 아니라 칼뱅주의자들도 순례길을 떠나는 사람들을 우상 숭배자라면서 맹비난했다. 프랑스 계몽주의자들 또한 성인의 유해나 성유물 등에 대한 공경은 우매한 사람들이나 하는 짓으로 치부했다.

이와 같은 종교 개혁자들은 순례자들을 향해 "죽은 말이 있는지, 아니면 죽은 개가 있는지 모르는데 거길 왜 가냐."라며 순례 자체를 비하하기도 했다.

교황청이 세속화되고 많이 부패했던 시절, 종교 개혁자들에게는 비판할 명분이 충분히 있었다. 하지만 순례를 '바보들이나 하는 짓'이라는 종교 개혁자들의 조롱은 좀 과하지 않은가 싶다. 부패했던 건 교황청과 일부의 사제들이지, 일반 신도들이 아니었다. 카미노를 통해 죄를 씻고 싶어 하는 그 마음만은 갸륵하지 않은가.

빛을 따라서

▲ 이른 아침에 출발하다 보면 나와 아내의 그림자가 우리의 길을 안내했다.

카미노를 걷는 사람들에게는 새로운 출발을 앞두고 마음을 다지기 위해, 참된 자아를 발견하기 위해, 종교적인 이유로, 마음 수련을 위해 등 모두 저마다의 이유가 있다. 하지만 이런 대답들은 조금은 진부해 보인다. 그런 이유라면 어디 조용한 곳이나 집구석에 틀어박혀서 소주 한잔 하면서도 할 수 있다. 아니면 바닷가나 산속 조용한 곳에서 지내면서 해도 된다. 걷는 일이라면 카미노가 아니더라도 좋은 곳이 너무 많다. 한국에만 해도 제주 올레길, 지리산 둘레길, 부산 오륙도에서 시작하는 해파랑길 등. 이 바쁜 현대 사회에서 종교적인 목적으로만 한 달 이상 시간을 들여 걷는다는 건 비현실적이다. 여행을 가더라도, 그 시간이면 세계를 한 바퀴 돌 수 있는 시간이다.

그렇다면 왜 굳이 카미노일까.

걷다 보면 내가 카미노를 선택한 것이 아니고, 카미노가 나를 선택했음을 알게 된다. 시간이 흐르고 고요한 들판과 낯선 바람, 침묵을 거치며 깨닫게 된다. 카미노가 나를 불렀다는 것을.

해가 동쪽에서 떠서 서쪽으로 지듯, 빛도 동쪽에서 서쪽으로 흘러간다. 동틀 무렵 알베르게를 나오면, 거인처럼 긴 우리의 그림자가 앞에서 길을 인도했다. 그림자 속에는 내가 있었고, 아내도 있었다. 시간이 지날수록 그림자는 점점 난쟁이가 되었고, 점심때쯤 되면 그림자가 발에 붙어 있어 내가 나를 밟고 있었다. 알베르게에 도착할 무렵이면, 그림자는 어느새 몸 뒤로 숨어 버렸다. 매일 아침 동쪽에서 떠오른 빛의 흔적을 따라 우리도 서쪽으로 천천히 나아갔다. 카미노는 동에서 서로 흘러가는 빛을 따라가는 길이다. 빛은 생명의 기원이고, 희망의 상징이다. 이와 같이 우리의 카미노는 '우리의 빛'을 찾아가는 여정이었다.

왜 프랑스 길인가

▲ 우리가 지나간 프랑스 길 루트. 아내의 그림 수첩 표지에 그렸다.

스페인 안에도 산티아고로 가는 순례길은 여러 갈래가 있다. 대표적인 것이 프랑스 길이고, 그 외에 북의 길, 은의 길, 마드리드 길 등 수없이 많다. 각 길마다 생겨난 역사적인 배경은 조금씩 다르지만, 목적지는 모두 산티아고로 향한다.

중세 시대부터 프랑스 내에는 투르의 길, 리모주의 길, 르퓌의 길, 툴루즈의 길 등이 있었다. 여러 갈래 길이 피레네산맥에서 하나로 합쳐지며, 프랑스 길이 형성되었다. 파울로 코엘료가 쓴 『순례자』라는 소설이 나오면서 프랑스 길이 세상에 더 많이 알려지게 된 계기가 됐다. 이후 이 길을 찾는 순례자들이 더욱 늘어나면서 카미노는 점점 세속화되었고 상업화된 것도 사실이었다. 스페인의 산업이 발달하면서 어떤 구간은 자동차 도로로 포장되어 있어, 옛 정취가 흔적도 없이 사라지기도 했다.

여행사에서 제공하는 각종 상품도 다양하다. 경치가 좋은 몇 개의 구간만 골라서 파는 곳도 있다. 연세가 드신 어르신들을 상대로 유명한 포인트만 골라 버스 여행을 시켜 주는 품목도 인기가 있다고 한다.

사람이 많이 모이면, 서로의 삶과 문화가 얽히기 마련이고, 순례의 본래 목적이 조금씩 희석될 수도 있다. 순례객을 노리는 도둑, 순례와 무관한 이성과의 만남, 도보 순례보다 버스 타고 풍광을 즐기는 관광객들.

그럼에도 불구하고, 길 위에서 마주치는 세속적인 일들은, 우리가 세상 속을 살아가는 방식과 크게 다르지 않다고 받아들이면 된다. 길에는 길의 질서가 있다. 순례를 오는 사람들에게는 다 저마다의 사정이 있다. 그 모든 것을 껴안으며 걷는 것, 그것이 어쩌면 이 길이 우리에게 가르쳐 주는 첫 번째 교훈일 수도 있다.

어떤 이들은 프랑스 길이 사람들로 너무 북적대고, 온갖 상술이 판을 친다고 해서, 이 길을 피해 한적한 길을 찾기도 한다. 하지만, 북의 길은 가파른 언덕이 많아 체력적으로 어려울 수 있다. 은의 길은 마을과 마을 사이의 간격이 길어 철저한 준비가 없이는 자칫 험난한 고생길이 될 수 있다.

그래서 우리처럼 카미노가 처음인 평범한 이들에게는 프랑스 길이 가장 무난하다. 접근이 비교적 쉽고, 다른 길에 비해 잘 정비되어 있다. 중간중간 쉴 곳과 숙소가 많아 큰 준비 없이 걸을 수 있다. 많은 유튜버들의 영상과 쏟아져 나오는 관련 서적들도 한몫했다. 이제는 프랑스 길이 카미노 산티아고의 대명사처럼 여겨질 정도다. 이 길은 한국인들이 가장 많이 찾는 길이기도 하다.

설렘 속 훈련하듯 준비하다

하루 12킬로미터씩 걷기 연습

◀ 아내와 필자가 걷기 연습하던 길의
끝부분에 위치하고 있는 호수. 오리들
이 한가롭게 유영을 하고 있다.

나이도 나이려니와, 체력으로 볼 때 800킬로미터를 쉬지 않고 매일 걷는다는 건 결코 쉬운 일이 아닐 것 같았다. 미리 연습을 하지 않으면 완주를 장담할 수 없었다. 카미노 순례를 결정하고, 적어도 일주일에 5일은 하루 12킬로미터씩 걸었다. 모든 일과 중 걷기가 가장 우선이었다. 다른 일은 걷고 난 후, 하든지 말든지 항상 후순위였다. 집 주변에 아주 마음에 드는 트레킹 코스가 있다. 끝부분에 다다르면 작지도 크지도 않은 호수가 있는데, 이 호수까지 한 바퀴 돌고 나면 딱 12킬로미터다.

아내는 한동안 발에 물집이 잡히고 터지고를 반복했다. 몇 달 후에는 물집 잡힌 자리가 굳은살로 바뀌었다. 나의 피부는 소가죽처럼 질겨서인지, 처음부터 물집 잡히는 일은 없었다.

걷기는 중독성이 있다. 인간의 몸에 도파민이라는 신경 전달 호르몬이 있는데, 이 도파민은 인간의 몸에서 쾌락과 고통을 조절하는 기능을 한다고 한다. 또한 인간의 뇌는 저울처럼 평형을 유지하려는 속성이 있다고 한다. 한쪽에 고통이 있으면 다른 한쪽으로는 그 고통을 통해서 기쁨을 주어 평형을 유지한다는 것. 예를 들면 마라톤 애호가들이 극한적인 육체적 고통을 느끼면서도, 중독된 듯 계속 달리는 이유는, 다른 한쪽으로는 성취감 등의 기쁨을 얻기 때문이라는 것이다.

걷는 것도 마찬가지. 처음 걷기 시작했을 때, 하루 12킬로미터는 다소 무리였다. 발도 아프고 무릎도 뻐근했다. 하지만, 계속 걷다 보면 피곤함도

다리 아픈 것도 서서히 사라졌다. 도파민 때문에 그런지 기분까지 좋아졌다. 걷고 와서 샤워하고 나서야 하루가 시작되는 것 같았다. 그리고 바로 일상으로 돌아갈 수 있었다.

사람의 몸은 참 적응이 빠르다. 내 몸은 점점 건강해져 갔고, 카미노는 점점 가까이 다가왔다.

극기 훈련차, 그랜드 캐니언 바닥을 찍다

세계에서 규모가 가장 큰 협곡 중의 하나, 신이 창조한 걸작품, 미국 서부 여행의 필수 코스 등등.

미국 그랜드 캐니언의 수식어들이다.

한국에서 손님이 오면 관광 코스로 으레 가는 곳이 그랜드 캐니언이다. 그러다 보니 몇 번인지 잘 기억이 나지 않을 정도로 다녀온 곳이다. 갈 때마다 저 아래 협곡을 바라보며, 언젠가는 저 아래까지 내려가 콜로라도강에 발을 담그고 오면 얼마나 좋을까 상상하곤 했었다.

하지만 언감생심(焉敢生心). 체력으로 보나 시간적으로 보나 불가능한 일이었다. 하지만 이제는 공식적으로 은퇴를 선언한 건 아니지만, 남는 게 시간이었다. 나나 아내의 직업 성격상 내가 일을 안 하면 그게 은퇴였다.

나보다 더 도전적인 아내가, 내친김에 그랜드 캐니언에 가서 바닥을 찍고 오면 어떻겠냐고 제안했다. 카미노를 향해 출발하기 전에 극기 훈련도 필요하고, 체력도 한 번 시험해 봐야 하지 않겠냐는 것. 나는 내가 먼저 가자고 하려고 했다는 듯이 1초도 생각 안 하고 동의했다.

▲ 그랜드 캐니언 카이밥 트레일 입구. 그랜드 캐니언 바닥을 찍기 위해서는 대부분 여기에서 출발한다.

이 코스는 원래 하룻밤 캠핑을 하고 오는 트레일 코스다. 그랜드 캐니언 방문자 센터 안내판에 보면 당일치기로 강까지 내려갔다 오는 것을 추천하지 않는다고 쓰여 있다. 게다가 더 무시무시한 건, "너의 생명은 네 책임이고 조난을 당하더라도 구조는 보장되지 않는다."라고 경고하고 있다.

"Every year, hikers suffer serious illness or death from hiking in the canyon. Your safety is your responsibility. Rescue is not guaranteed."

"DO NOT attempt to hike from the rim to the river and back in one day."

콜로라도강을 안고 하룻밤 정도 캠핑하면서 대자연 속에 묻혀보는 것도 좋으련만, 당시엔 방법이 없었다. 저 협곡 캠핑장에서 하루 묵고 오려면 적어도 1년 전에는 예약을 해야만 한다. 무모하지만 당일치기로 도전해 보기로 한 것이다. 왕복 26킬로미터. 거리상으로는 해 볼 만하지만 급경사를 내려갔다 올라오는 길이라서 웬만한 체력으로는 도전하기가 쉽지 않다. 주변에서 "그 나이에 어쩌려고…." 하면서 말리는 사람들도 있었다. 그랜드 캐니언의 트레일은 상상 이상으로 가파른 비탈길이 많다. 보통 등산을 가면, 힘든 오르기를 먼저 하고 나중에 힘이 빠졌을 때 내려온다. 하지만 여기는 먼저 내려갔다가 나중에 올라온다. 거꾸로다.

호텔에 도착해서, 집에서 준비해 온 음식 재료로 아내가 내일 점심으로 먹을 치킨샌드위치를 만들었다. 캐니언을 내려가는 중간에는 음식을 파는 곳도 없고, 이른 새벽에 문을 여는 식당도 없을 터. 아침에 눈을 못 뜰까 봐 핸드폰 알람을 5시로 설정해 놓고 잠을 청했다. 아침부터 오랜 시간 운전을 하느라 몸이 피곤했지만 잠은 저 멀리서 어른거리며 다가오지 않았다.

이른 새벽 차를 갖고 호텔에서 나와 캐니언 방문자 센터에 주차를 했다. 주차장에서 셔틀버스를 타고 사우스 카이밥 트레일헤드(South Kaibab Trailhead)에 도착한 게 6시 반. 여기서부터 출발해서 저 아래 콜로라도강을 찍고 브라이트 엔젤 트레일(Bright Angel Trail)로 올라가는 여정이었다. 지도를 확인해 보니 고도는 7,200피트(2,215미터). 심장이 뛰었다. 버킷 리스트 중 하나였던 이 트레일에 드디어 도전장을 내미는 순간이었다. 처음에는 바람이 살짝 불었지만, 내려가면서 점차 잦아들었다.

역시 그랜드 캐니언은 웅장했다. 한 발짝 한 발짝 내려갈 때마다 대자연의 위용에 몸은 잔뜩 긴장됐고, 머릿속이 쭈뼛쭈뼛해졌다. 한참을 내려가다 뒤쪽을 돌아보았다. 출발점은 보이지 않고 하늘과 맞닿은 산봉우리만 우리를 내려다보고 있었다. 아래로 내려갈수록 어머니 자궁 안으로 빨려들어가듯, 마음이 차분해지며 편안해졌다.

한 4시간쯤 내려가니 콜로라도강줄기가 보이기 시작했다. 가슴이 벅차올랐다. 좀 있으면 위에서만 바라보던 저 아름다운 강물에 발을 담글 수 있다니. 아내가 배낭을 내리더니 주섬주섬 그림 도구를 꺼냈다. 눈 아래로 유유히 흐르는 콜로라도강의 멋진 풍경을 그냥 지나칠 수는 없다고 했다. 스케치하고 채색하는 데 대략 30분 정도가 소요됐다.

경사가 급하다 보니, 길이 꼬불꼬불해질 수밖에 없었다. 강은 코앞에 보이는데, 내려가도 내려가도 강은 발에 잡히지 않았다. 한참을 내려오니, 두 사람이 겨우 비켜 지나갈 수 있는 다리가 나왔다. 블랙 브리지(Black

Bridge). 콜로라도강을 건너는 다리다. 발아래로는 콜로라도강이 표표히 흐르고 있었다.

"아, 드디어 왔구나."

원래 계획은 팬텀 랜치(Phantom Ranch)라는 카페에 들러 멋들어지게 커피 한잔하고 오는 것이었다. 하지만 벌써 11시 30분. 도저히 시간적으로 안되겠다 싶어 그만두기로 했다. 내려오는 데 걸린 시간이 5시간. 일반적으로 올라가는 시간은 내려오는 시간의 두 배 정도 예상되니, 그렇다면 올라가는 데 10시간이 걸린다는 계산이 나왔다. 캐니언의 아름다움에 취해 시간 개념이 마비된 것 같았다. 마음이 다급해졌다. 일단 강에 발을 담그고 잠시 앉았다. 준비해간 샌드위치를 급히 먹자마자, 바로 올라가기 시작했다. 콜로라도강을 따라 북쪽으로 2.5킬로미터 정도 걸어가면 또 다른 다리를 만난다. 위로 올라가기 위해서는 이 다리를 건너야 했다. 실버 브리지(Silver Bridge).

배낭의 끈이 어깨를 파고들었다. 오른쪽 어깨가 쑤시는 건지 뻐근한 건지 분간이 안 되게 아파 왔다. 뱃속도 상태가 좋지 않았다. 더부룩하긴 한데 배가 불러서 그런 것 같지는 않았다. 체한 것이다. 몸에 땀이 난 상태에서, 차가운 강물에 발을 담그고 급하게 샌드위치를 먹은 게 원인이었다. 아내가 건네준 소화제 한 알을 먹으니 좀 나아지는 듯했다. 내가 힘들어하니 아내가 배낭을 바꾸어 메자고 했다. 아내 배낭보다 내 배낭이 약간 크고 무거웠다. 한참을 더 올라가다 보니 아내도 힘들어했다. 결국 아내도 체한 것을 알았다.

중간쯤 올라왔을까. 돌발 상황이 발생했다. 가던 길이 끊어지고 물길이 나타났다. 폭이 5미터 정도는 돼 보였으니 작은 물길은 아니었다. 물은 내 바로 앞에서 옆길 계곡으로 흘러들어가고 있었다. 발목까지 빠지며 물길을 따라 한참을 올라가도 끊어진 길은 이어지지 않았다. 다시 거꾸로 내려와 처음 끊어진 곳으로 돌아왔지만, 아무리 찾아봐도 이어지는 길이 보이지 않았다. 분명히 앞에 간 사람들이 있었는데 그들은 이미 보이지 않았다. 뒤에도 따라오는 사람들도 없었다. 협곡이라 그런지 오후 4시밖에 안 됐는데도, 해는 벌써 저 봉우리 너머로 넘어간 지 오래였다.

겁이 덜컥 났다.

아내는 의외로 침착했다. 아마 침착한 척하는 것이었을 것이다. 물길 옆에는 항상 사람이 다니는 길이 있게 마련이니까, 이 물길을 타고 계속 올라가 보자고 했다. 물에 발목이 빠진 채로 한참을 올라가니 아내가 예상한 대로 길이 이어졌다. "휴~. 찾았다." 이 물이 도대체 어디서부터 흘러나오는 건지는 몰라도, 왜 제 길로 안 가고 사람 다니는 길로 쳐들어와서 사람을 놀라게 하는지 모르겠다며 투덜거렸다. 너무 놀라다 보니 몸이 힘든 것도 잊어버렸다.

꾸역꾸역 계속 올라갔다. 올라가는 것 말고는 다른 방법이 없었다. 한 발을 내디딘 후 다음 발을 딛는 것조차 점점 힘들어지기 시작했다. 아내도 오죽했으면 애 낳는 것보다 더 힘든 것 같다고 했을까.

거의 막바지에 도달했을 때 하늘을 올려다보니 보름달이 환한 얼굴로 우리를 내려다보고 있었다. 아침에 주차할 때 달이 안보였던 건, 밤에 보름달이 되어 나타나려고 그랬던 것 같았다. 새하얀 빛이 몸속으로 스며들었다. 바람 한 점 없는 캐니언의 달무리는 형광등 불빛처럼 가느다랗게 떨리고 있었지만, 내 가슴속에서는 크게 출렁거리고 있었다. 보름달을 그렇게 수없이 보아왔지만, 이렇게 신비하고 아름다운 보름달은 처음인 것 같았다. 아내에게 저 보름달이 얼마나 아름답냐고 물었지만 대답이 없었다. 너무 힘들어 대답할 수가 없었던 것이다. 하얀 보름달에 비친 아내의 얼굴은 더 창백해 보였다.

엄청나게 커 보이는 독수리 두 마리가 길옆 절벽 중간쯤에 둥지를 틀고 있었다. 부부 독수리 같았다. 좀 더 커 보이는 독수리가 날개를 휘저으며 우리를 노려보고 있었다. 깜깜해서 잘 보이지는 않았지만, 우리를 주시하고 있는 게 분명했다. 등골이 오싹했다. 아마 우리 덩치가 저들보다 작았더라면, 우리를 덮쳤을지도 모른다.

사투 끝에 밤 8시나 돼서야 Bright Angel Trail의 시작점에 도착했다. 출발 지점부터 거의 14시간 가까이 걸린 셈이다. 아무도 없었다. 그야말로 적막강산이었다. 너무 어두워서 1미터 앞도 보이지 않았다. 혹시 몰라서 가져갔던 헤드라이트 불빛은 어둠을 이기지 못했다. 이나마 없었으면 눈 뜬 장님이 될 뻔 했다. 다행히 셔틀버스가 한 대 지나갔다. 운전기사는 막차라고 했다. 막차라는 말에 또 한 번 식은땀이 흘렀다. 버스 기사가 방문자 센터 주차장에 내려줬는데, 너무 깜깜해서 사물을 분간할 수 없을 정도였다. 아침에도 어두운 상태에서 주차를 해 놓은 터라, 내 차가 어디에 있는지 도무지 알 수가 없었다. 기온은 뚝 떨어지고, 차는 안 보이고, 다리는 아프고…. 완전히 사면초가였다. 여기저기 헤매다가 겨우 차를 찾았다. 갑자기 온몸에 오한이 들었다. 몸이 사시나무처럼 떨렸다. 보니 얇은 티셔츠 한 장만 입고 있었다. 너무 당황해서 추운지도 모르고 있다가, 차를 찾고 나니 그제야 정신이 든 것이다.

호텔로 돌아오는 길에 경찰이 사이렌을 울리며 쫓아왔다. 너무 춥고 배가 고파서 호텔로 빨리 돌아가고 싶은 마음에 과속을 한 것. 머피의 법칙이 이런 때도 들어맞는 모양이었다. 추레한 우리의 모습이 불쌍해 보였는지, 딱지는 끊지 않고 경고만 주겠다고 했다. 얼굴이 예쁜 여자 경찰이었는데, 마음씨도 너무 고왔다.

호텔에 돌아와서는 거의 시체가 됐다. 밥 먹을 힘도 없었다. 마트에 가서 물 두 병을 사다가 아내와 각자 한 병씩 마시고 그대로 잠들었다. 다행히도 아침에 일어났을 때 다리 상태가 생각보다 괜찮았다. 알이 배어 한 발짝도 못 움직일 줄 알았는데, 약간의 통증만 있었다. 매일 12킬로미터씩 걸은 덕이라며, 아내와 나는 "카미노 완주는 문제가 없겠어."라며 자화자찬했다.

나중에 보니, 아내와 내가 배낭을 끝까지 바꿔 메고 왔었다. 춥고 배고프고 정신이 없어서 바꿔 멘 것도 깜빡했었다. 아내도 너무 힘들게 올라왔는데 배낭을 다시 바꾸자는 말도 안 했다. 왜 그랬느냐고 물어봤다. "위에서 내려올 때 당신이 무거운 걸 메고 왔고, 또 체해서 너무 힘들어하니까…. 내가 메고 오는 게 마음이 편해서."라고 했다.

무덤덤하게 던지는 말에 아내의 애틋함이 배어 있었다.

짐 싸면서 삶의 미니멀화를 연습하다

▲ 짐을 최대한 줄인다는 이유로 나는 22리터, 아내는 20리터짜리 배낭을 구입했다. 이는 일반인의 거의 절반 크기의 수준이다.

카미노에서의 배낭은 순례자의 동반자다. 배낭은 순례자의 일부가 된다. 카미노 초반에는 컨디션도 좋고 마음도 설레기 때문에, 어느 정도의 배낭 무게는 견딜 만하다. 하지만, 시간이 지나면서 한 발 한 발 옮길 때마다 어깻죽지를 파고드는 배낭끈은, 순례자를 가장 괴롭히는 고문 도구 중의 하나다. 나중에는 배낭을 집어 던져 버리고 싶을 정도다.

배낭의 무게를 최소화하는 것이 카미노의 시작이라고 모든 경험자들은 이구동성으로 말한다. 그들이 추천하는 대로 최소한의 물건만 챙기기로 했다. 준비 단계부터 내려놓는 연습이 필요하다고 생각이 돼서 그렇게 했다. 그래서 배낭도 최대한 작은 걸로 구입했다. 나는 22리터 아내는 20리터짜리, 거의 하이킹 백 수준이었다. 속옷 양말 티셔츠 등 입은 것과 신은 것 빼고, 한 개씩만 더 준비했다. 빨래할 때 갈아입을 여분은 있어야 하니까. 준비는 못해갔지만 그래도 꼭 필요한 건 현지에서 구입하기로 했다.

장기 여행을 준비하다 보면 이것저것 챙기기 마련이다. 가서 보면 필요 없는 물건을 챙겨 온 게 한두 가지가 아니다. 지난번 그랜드 캐니언에 갔을 때 배낭이 무거워서 얼마나 고생을 했던가.

날씨가 추우면 외투 대용으로 우비를 입으면 된다. 방한 효과가 있으니 두꺼운 겉옷은 따로 가져갈 필요가 없다고 생각했다. 아내는 두꺼운 옷 대신 다양한 색의 얇은 옷 여러 개를 가져가는 걸 선택했다. 여러 개를 껴입다가 더우면 하나씩 허물벗기를 할 거라고 했다. 여기서 여자와 남자의 섬세함의 차이점을 알 수 있었다.

다 준비하고 나서 무게를 재 보니 내 배낭은 7킬로그램, 아내 것은 5킬로그램 정도였다. 아내는 화장품까지 챙겼다는데, 어떻게 5킬로그램밖에 되지 않는지 궁금했다. 화장품 회사는 내용물이 풍성해 보이도록, 두껍고 겉만 번지르르한 유리병에 내용물을 담는다. 아내는 다이소에서 파는 작은 플라스틱 용기에 내용물을 옮겨 담아, 화장품 회사의 상술을 무색하게 했다. 종류도 로션 하나만 챙겼다. 외모는 아내에게 더 이상 중요하지 않은 듯했다. 화장대 앞이 아니라 흙먼지 가득한 순례길 위에서, 진짜 자신의 얼굴을 마주하기로 한 것이다.

아내는 '카미노의 여인'이 되기로 단단히 마음먹은 듯했다.

카미노로 출발하기 전에, 집에 있는 묵은 짐들도 많이 버렸다. 이것들도 결국은 삶의 찌꺼기에 불과했다. 아내와 나는 이 카미노를 마치고 난 후에도, 여행을 많이 다니기로 했다. 그래서 버리는 일이 더욱 필요했다.

짐을 정리하다 보면 아까워서 못 버리는 물건들이 많다. 하지만 우리가 마지막 길을 떠날 때, 수의 한 벌 말고는 가져갈 게 없지 않은가. 덧없는 것들을 사랑하느라고 피곤하게 살 필요는 없다.

제일 먼저 버린 게 기자 생활을 할 때 받았던 상패들이었다. 잘해서 받은 상패도 있지만, 의례적으로 돌아가며 받는 상패들이 더 많다. 제일 먼저 쓰레기통에 집어넣었다. 화가 생활을 오래 해온 아내도 여기저기서 받은 상패와 상장들이 많았다. 아내한테도 제일 먼저 이런 것들을 버리자고 설득했다. 마뜩잖아하는 눈치였지만 결국 동의했다.

그다음은 학교 졸업 앨범. 초등학교부터 대학까지 고스란히 남아 있었다. 옛날 앨범들은 무겁기는 왜 이리 무거운지. 나는 그것들마저 다 버렸다. 하지만 아내는 학교 앨범까지 버리는 게 쉽지 않은 모양이었다. 그래서 결국 자기 얼굴이 나오는 페이지만 뜯어 보관하고, 나머지는 모두 버리기로 타협을 봤다. 내 마음속으로는 그마저도 다시 들여다볼 일이 있을까 싶었지만.

추억과 기록을 버리는 게 쉽지는 않지만, 그조차도 버려야 한다고 나는 생각했다. 이것들마저 삶의 찌꺼기에 불과하다고 한다면, 내가 너무 지나친 걸까.

파리를 점 찍다

LA 공항에서 출발한 지 10시간 만에 파리 오를리 공항에 도착했다. 대부분 순례자들은 드골 공항을 거쳐 파리로 들어간다. 나는 싼 비행기표를 구하다 보니, 오를리 공항을 이용하게 됐다. 아마 부킹닷컴에서 비용을 절약하기 위해 작은 공항을 선택한 것 같았다.

많은 순례자들은 파리에서 하루만 묵고 바로 순례길로 떠난다. 하지만 우리는 3박을 했다. 파리에 언제 또 올까 싶어서였다.

말할 필요도 없이, 파리는 낭만의 도시요 관광의 도시다.

전 세계의 많은 사람들이 파리에 한 번쯤은 와보고 싶어 한다. 나는 유럽이 처음이다 보니 파리도 처음이었다. 아내도 전시 때문에 영국, 독일, 동유럽은 수차례 다녀왔지만 파리는 초행이었다. 카미노 덕분에 파리에 오게된 셈이다. 파리 관광은 그야말로 수박 겉핥기로 했다. 몽마르트르 언덕, 개선문, 에펠 탑, 루브르 박물관, 셰익스피어 서점 등, 구글에서 추천한 장소만 골라서 다녔다.

환경이 바뀐 탓인지 아내는 또 체했다. 한국 음식을 먹으면 속이 좀 풀릴 것 같다고 했다. 마침 호텔 옆에 미니 한국 음식점이 있었다. 비빔밥에 된장국을 시켰는데 맛이 없어서 도저히 먹을 수가 없었다. 어느 나라 비빔밥이고, 어느 나라 된장인지 출처가 불분명했다.

바로 옆에 일식집이 있었다. 기대를 안 하고 갔는데 다행히도 미소 수프가 의외로 아내의 속을 풀어냈다. 가게 주인은 약간의 한국말을 하기는 했는데 한국계 일본인인지, 일본계 한국인인지, 아니면 프랑스에서 오래 살아온 한국인인지, 그도 역시 출처를 알 수가 없었다.

"파리의 낭만은 3일이면 족하다."라는 말도 있다. 3일 정도 지나면 아무리 멋있는 곳도 일상으로 바뀐다는 뜻일 게다. 파리 사람들은 관광 수입으로만 먹고사는 듯했다. 파리의 시민들은 많은 유적을 남긴 조상들에게 감사해야 할 것 같은 생각이 들었다.

▲ 몽마르트르 언덕 스케치.

▲ 에펠 탑 스케치.

제1장 삶의 벽 앞에서 찾아낸 영혼의 길

제 2 장

생명수의 강을
건너다

『돈의 심리학』의 저자 모건 하우절은
행복의 가장 큰 변수는 내가 원하는 것을, 내가 원할 때,
내가 원하는 사람과 함께하는 것이라고 했다.
그 기준으로 보면
나는 제일 행복한 사람 중의 하나임에 틀림없다.
나의 산티아고 순례길은 그가 말하는 조건을 다 만족시켰다.
아내와 동행하는 길이기 때문에
세상일을 걱정할 것도 궁금해할 것도 없었다.
아내는 항상 나의 옆에 있었고,
나의 모든 것이기 때문이었다.

36일만에 걸어서 도착한 산티아고
산티아고 대성당에서 야고보 성인과의 조우는
70년 삶 속에서 제일 큰 감동이었다.
감사와 은혜의 눈물이 펑펑 쏟아졌다.

그렇다. 이 눈물은 그리스도가 주시는 생명수다.
삶의 목마름과 갈증을 해소하기 위해
이 생명수의 강을 이제 막 건너온 것이다.

⌣

평화의 길

지금도 설레는 생장피에드포르

▲ 생장 마을 전경. 마을 전체의 분위기가 마음을 편안하게 해주었다.

파리의 호텔에서 이른 아침을 먹고, 카미노의 시작점인 생장으로 향했다. 프랑스를 떠나는 아쉬움은 컸지만, 2년쯤 후에 남부 지역으로 다시 오자고 아내와 약속했다. 그때는 오래 머물며 고흐와 고갱의 숨결을 직접 느껴 보자고 했다.

아내는 체기가 많이 가라앉아 호텔 조식을 조금 먹을 수 있었다. 엊그제 예약해 놓은 테제베를 타고 바욘(Bayonne)까지 간 뒤, 다시 한번 기차를 갈아타야 했다. 파리에서 바욘까지는 약 4시간, 바욘에서 생장까지는 약 1시간, 총 5~6시간 걸리는 여정이었다.

아침에 호텔에서 나오면서 이제부터 카미노의 시작이라는 생각에 가슴이 설렜다. 하지만, 테제베의 안락한 객실에 앉아 있는 내 모습을 바라보니, 과연 내가 순례자가 맞나 싶은 의문도 들었다. 순례자라고 해서 고속열차를 타지 말라는 법은 없었다. 하지만, 왠지 완행열차에 몸을 싣고 조금 더 가난하게 이동해야 하는 건 아닐까 싶었다.

그런 상념도 잠시, 바욘에 도착하자마자 생장으로 향하는 기차가 우리를 기다리고 있었다.

바욘의 테제베 역 출구를 나서니, 로컬 기차역이 바로 옆에 붙어 있었다. 표를 받는 승무원들이 곧 기차가 떠나니 빨리 서두르라고 소리쳤다. 대부분의 순례자들이 이 기차를 타기 위해 몇 시간씩 기다린다고 들었는데, 우리는 10분도 기다리지 않고 탈 수 있었다.

시작이 좋았다. 생장에는 오후 3시경에 도착했다.

생장에 있는 알베르게는 파리에서 미리 예약해 두었다. 공립 알베르게는 예약을 받지 않는 데다, 사설 알베르게가 더 편리할 것 같았다. 내일부터 시작할 36일간의 대장정을 위해서는, 첫날 밤은 무엇보다 편안한 잠이 필요하다고 여겼다.

하지만 기대는 빗나갔다. 알베르게는 생각보다 열악했다. 우리가 배정받은 방은 이층 침대가 네 개, 총 여덟 명을 수용할 수 있는 공간이었다. 쇠파이프로 만든 침대는 삐걱거리며 낡은 소리를 냈고, 푹 꺼진 매트리스 위에 누우니 허리가 활처럼 휘었다.

프랑스 국경 도시 생장은 소문대로 아름다웠다. 하지만 도시는 그 아름다움을 뽐내지 않았다. 억지로 꾸미려고 애쓰지도 않았다. 언덕을 올라가 보니, 아담한 시골 마을이 수줍은 새색시같이 살포시 얼굴을 드러냈다. 붉은 기와지붕과 고풍스러운 건물들은 화가인 아내에게는 마을 전체가 그림 소재였다. 순례를 마치고 돌아와 정착하고 싶을 만큼 편안함을 주는 마을이었다.

순례자 사무실에 가서 크레덴시알(순례자 여권)을 받았다. 친절한 자원봉사자들은 인내심을 위해 특수 훈련을 받은 듯했다. 순례자 한 명 한 명에 똑같은 말을 반복해서 설명해 주는 게 쉬운 일이 아니다. 누가 들어도 답답할 법한 질문을 해대는 초보 순례자에게도, 얼굴 한 번 찡그리지 않고 차분히 대답해 줬다. 뒤에서 순서를 기다리며 줄을 길게 늘어서 있는 다른 순례자들을 아랑곳하지 않을 수 있는 것도, 오랜 훈련 없이는 불가능하다.

순례자 여권은 한 페이지에 여덟 개씩 네모 칸이 배열돼 있다. 마을을 지날 때마다 한 칸씩 도장을 찍으며 채워 나가면 된다. 이 종잇조각을 받음으로써, 우리는 싫든 좋든 이제 이 거대한 카미노 조직의 일원이 됐다. 이 조직에서 버티고 살아남았다는 고난의 흔적을 남기기 위해서는, 최종 목적지인 산티아고 데 콤포스텔라(Santiago de Compostela)까지 이 증명서를 소중히 들고 가야만 하는 운명 공동체가 된 셈이다.

아내와 나는 알베르게에 짐을 풀고, 생장의 아름다움을 화폭에 담기 위해 밖으로 나왔다. 순례자 사무실에서 우리가 머무를 알베르게로 내려오는 길이 있는데. 이 길을 가로질러 니브(Nive)강이 흐르고 있다. 강이라기보다는 약간 큰 냇물에 가까웠다. 물살이 제법 빨랐다. 힘차게 흐르는 물소리가 자연의 음악이 되어 귀를 즐겁게 해주었다. 마음이 고요히 가라앉았다. "평화로움이 이런 거구나."

서쪽 하늘에서 내려오는 햇살이 강물 위로 반사되면서 물고기 떼의 비늘처럼 번쩍이고 있었다. 그 위로는 로마 시대부터 존재했다는 아치형 돌다리가 그림처럼 놓여 있다. 석양을 배경으로 한 돌다리의 풍경은 인간의 언어로는 도저히 표현할 수 없을 만큼 아름다웠다. 햇살을 머금은 다리 위로 선홍빛이 퍼져 나가며, 마치 외계인이 붉은 우주선을 타고 내려오는 듯한 착각을 불러일으켰다.

아내는 길옆의 돌담 위에 수채화 노트와 물감을 펼쳤다. 그림을 그리는 동안 많은 사람들이 감탄사를 연발했다. "오 마이 갓! 원더풀!"을 외치며 호들갑을 떨었다. 진심으로 감탄했는지 아닌지는 몰라도 기분은 좋았다. 이들 중에는 산티아고에 도착할 때까지 거의 매일 마주친 사람들도 있었다.

▼ 니브강 위를 가로지르고 있는 아치형 돌다리. 순례자 사무실 바로 아래쪽에 위치하고 있다.

나는 신이 나서 아내의 그림 그리는 모습을 고프로로 찍고, 핸드폰으로도 찍고, 온갖 수선을 다 떨었다. 나는 촬영에 있어서는 완전 젬병이다. 평소에도 아내한테 항상 왜 이렇게 감각이 모자라냐고 핀잔을 듣는다. 사진을 찍을 때 항상 구도를 먼저 생각하라고 한다. 내 나름대로 많이 좋아졌다고 생각하는데도, 아직은 부족한 모양이다.

피레네산맥, 하나님이 주신 골디락스

첫 알베르게, 그리고 카미노에서의 첫날 밤.

숨을 들이쉴 때마다 두려움, 설렘 그리고 낯섦이 뒤섞여 나의 모든 감각은 예민한 바늘 끝으로 찔리는 듯 살아 있었다. 피레네산맥을 걸어서 넘어야 한다는 생각에 약간 긴장도 됐다. 긴장을 풀기 위해 아침에 숙소에서 일어나 잠시 명상을 했다. 파울로 코엘료의 소설 『순례자』에 나오는 '씨앗 훈련'을 기억하면서….

"바닥에 무릎을 꿇고 엉덩이를 뒤꿈치에 대고 앉는다. 얼굴이 무릎에 닿게 웅크리고 다음엔 두 팔을 뒤로 힘껏 뻗는다. 태아의 형상이다. 마음속에 있는 모든 긴장과 잡념을 풀어내고 천천히 깊게 호흡한다. 점차 자신이 안락한 대지에 안겨 있는 아주 작은 씨앗이라는 걸 느껴 본다. (중략) 씨앗은 더 이상 씨앗에 머무르고 싶어 하지 않는다. 태어나고 싶어 한다. 천천히 팔을 움직이고 웅크린 몸을 천천히 편다. 조금씩 몸을 일으켜 등을 똑바로

편 채로 무릎을 꿇고 앉는다. 씨앗에서 새싹으로 변화하며 흙을 뚫고 나가고자 하는 자신의 모습을 상상한다."

어제 바욘에서 생장으로 넘어오는 기차가 바로 연결돼 시간을 절약하는 행운에 이어, 오늘도 운이 따랐다. 날씨가 맑고 청명해서 나폴레옹 루트*로 넘을 수 있게 된 것이다.(*피레네산맥을 넘어 론세스바예스로 가는 길은 두 갈래다. 하나는 나폴레옹 루트(Cize root)고 또 다른 하나는 발카를로스 루트(Valcarlos Root)다. 순례자 협회는 눈보라나 비바람이 치는 날에는 조난 위험이 있어, 나폴레옹 루트 대신 발카를로스 길로 우회할 것을 권장한다. 발카를로스는 프랑스와 스페인의 국경 마을. 피레네산맥을 넘다 보면 중간에 양 국가의 경계선을 지나게 된다.)

승자의 법칙이 작동한 걸까.

불과 지난주만 해도 눈보라로 인해 나폴레옹 루트가 통제됐었다고 하니, 나는 행운아임에 틀림없었다. 산티아고에 도착하는 날까지, 행운의 여신은 분명히 내 편일 것이라고 믿었다. 하나님의 생명수를 찾아가는 길에서 고대 그리스나 로마의 여신을 기대하는 건 좀 엉뚱하기는 하지만, 하나님도 이 정도는 애교로 봐주시지 않을까.

미국 오렌지 카운티에 사는 정찬열 시인은, 10여 년 전 4월 말에 이 순례 길에 나섰다. 알베르게 주인이 오늘은 눈보라가 쳐서 위험하니 골짜기 길(발카를로스 루트)로 가라고 추천했다고 했다. "무슨 소리냐."며 대한민국 사나이의 호기로 나폴레옹 길로 들어섰다가, 2시간쯤 눈보라와 사투를 벌인 끝에 포기했다고 했다. 도저히 더 이상 갈 수 없다는 판단을 하고, 되돌아와 발카를로스 길로 돌아갔다고 했다. 산티아고 순례길을 주제로 한 〈더 웨이〉라는 영화가 있다. 주인공의 아들이 이 나폴레옹 길을 넘다가 고약한 날씨 때문에 사고를 당한다. 그래서 주인공은 유골을 품에 안고 아들을 대신해 이 순례길을 떠난다는 내용이다. 이토록 피레네산맥은 순례자들에게 호락호락하지 않은 모양이다.

"오 주여, 포르투나*가 우리를 돕도록 허락해 주셔서 감사합니다."(***포르투나는 로마 신화에 나오는 행운의 여신 이름이다.**)

피레네산맥의 최고봉은 해발 3,400미터가 넘는다. 이 산맥은 프랑스와 스페인을 거대한 자연 국경으로 가르며 세로로 뻗어 있다. 프랑스 길의 시작점인 나폴레옹 루트는, 피레네산맥 중에서 가장 완만하고 아름다운 길 중 하나로 꼽힌다. 이 루트의 최고 지점은 해발 1,430미터인 레포에데르 고개(Col de Lepoeder).

군사적, 정치적 야욕에 불타던 나폴레옹은, 스페인 정복 전쟁을 일으켜 이 길을 넘어갔다. 말년에 왕위에서 쫓겨난 후, 귀양지에서 다시 복귀를 시도할 때도, 그는 이 피레네산맥을 넘어왔다. 나폴레옹도 이 자연의 아름다움을 느꼈을까, 아니면 야욕에 눈이 멀어 정신없이 이 산맥을 넘었을까.

그로부터 200년이 지난 지금, 나도 나폴레옹이 지났던 길을 걷고 있다.

삶의 찌꺼기와 7킬로그램짜리 배낭을 짊어진 채.

▲ 피레네산맥 중턱에서 잠시 앉아, 생장을 출발해 올라오던 길과 풍경을 그리고 있다.

나폴레옹 루트는 시작부터 오르막이었다. 언덕길이 다 끝났나 싶으면, 또 다른 언덕길이 나타났다. 오름길은 끝없이 이어졌지만, 새벽의 고요함과 자연의 숨결이 발걸음을 경쾌하게 해주었다. 공기는 솜털같이 가벼웠고 싱그러웠다. 올라갈수록 숨은 가빴지만 아름다운 경치가 이 어려움을 보상해 주었다. 폐와 다리가 기진할 만하면 새로운 풍경이 위로하며 다가왔다.

서양의 땅 위에서, 동양화가 펼쳐지고 있었다. 새벽어둠이 거치면서 하늘과 땅의 경계가 뚜렷해지고, 밤새 빛을 토해내느라 피곤했던 별들은 스멀스멀 사라지고 있었다. 이른 아침의 피레네 산봉우리들은, 희뿌연 안개를 품속에 가둬 놓고 있었다. 연인과 밤새 사랑을 나누다가 헤어지기 싫어 서로 끌어안고 있는 모습이었다. 조금 있다가 동쪽 하늘에서 아침 햇살이 나타나면, 저 음흉한 안개는 소스라치게 놀라 어디론가 분홍빛 꼬리를 감추며 사라질 것이었다.

나폴레옹 루트는 완벽했다. 그리고 비현실적이었다. 에덴동산이 이런 모습이 아니었을까. 여기저기 펼쳐진 푸른 목초지에는 소와 양 떼들이 유유히 풀을 뜯고 있었다. 가끔 말 떼들도 보였다. 소들의 목에 달린 방울에서 나는 딸랑거리는 소리가, 바람에 실려와 귓가를 간지럽히며 모든 피로를 흡수하는 듯했다. 위로 올려다보이는 초록의 언덕과 맞닿은 푸른 하늘의 경계선은, 마치 세상의 끝이자 시작의 느낌이었다. 저 너머로 빨리 달려가고 싶은 충동을 억제하기가 힘들었다. 나는 어렸을 때부터 언덕 궁금증이 있었다. 친구들과 놀다가도 저 앞에 언덕이 나오면 제일 먼저 뛰어가곤 했다. 저 언덕 너머에는 뭔가 미지의 세계가 펼쳐져 있을 것만 같았다. 올라가 보면 아름다운 경치가 펼쳐지기도 했고, 이웃 동네의 모습이 보이기도 했지만, 때로는 기대한 만큼의 감동을 주지 못하는 경우도 많았다. 우리네 삶과 같이.

▲ 피레네산맥을 넘어가는 순례자들.

제2장 생명수의 강을 건너다

오리손 산장을 지나니 길모퉁이에 푸드 트럭이 서 있었다. 이 푸드 트럭
은 한국 유튜버들의 영상에 많이 소개돼서 낯설지 않았다. 이미 닳고 닳은
듯한, 주인 남자의 욕심 가득한 인상이 왠지 마음에 안 들어 그냥 지나쳤다.

▲ 피레네 산맥을 넘어가다 보면 푸드 트럭이 있다. 음료수나 간단한 음식을 팔고 있어 지친 순례자들에게 때로
는 오아시스 같은 역할을 해주기도 한다.

중간쯤 올라왔을 때 한국인 젊은 남녀가 살갑게 인사를 했다. 연인인 줄
알았더니 사촌 남매지간이라고 했다. 현조와 인정이다. 이 청년들과는 산
티아고까지 거의 동행하다시피 했다. 카미노 길을 걷는 동안 서로 많은 의
지가 됐다. 축구장 크기만 한 잔디밭이 나왔다. 저 아래로 프랑스의 아름다

운 들판이 수채화처럼 펼쳐져 있었다. 많은 순례자들이 옹기종기 모여 사진도 찍고 간식도 먹고 있었다. 아내는 화구와 도화지를 펼쳤다. 현조와 인정이도 옆에서 배낭을 내려놓고 과일을 먹으며 쉬고 있었다.

아내는 그림을 그리고, 나는 원 없이 사진기와 고프로에 아름다운 풍광을 담고.

"아, 무엇을 더 바랄 수 있을까."

최근 경제 뉴스에서 '골디락스'라는 단어를 자주 접한다. 경제가 과열되지도, 침체되지도 않은 이상적인 상태를 일컫는 말이다. 모든 국가가 이 골디락스를 위해 온갖 정책들을 내놓지만, 마음대로 되면 얼마나 좋을까. 원래 골디락스라는 말은 천문학에서 먼저 쓰였다. '골디락스 존'은 별 주위를 도는 행성 중, 물이 액체 상태로 존재할 수 있을 만큼 온도가 적당한 구역을 말한다. 생명체가 존재할 수 있는 환경이란 뜻이다. 이런 가능성이 있어 보이는 행성은 여럿 발견되었다고 하지만, 지금껏 확인된 행성은 지구 하나뿐이라고 알고 있다.

이름 모를 들꽃들이 바람결에 흔들리고, 초원의 짙은 초록 위로 양과 소가 느긋하게 풀을 뜯고 있는 이 피레네 산맥속의 카미노 언덕. 하늘과 땅, 풀과 바람, 인간과 짐승. 이 모든 것들이 사랑의 질서 안에서 조화를 이루고 있었다. 우연이 아닌, 어떤 섭리라는 생각이 들었다. 마치 누군가가 우리를 위해, 우리 삶을 위해 의도적으로 마련해 둔 공간처럼.

"태초에 하나님이 천지를 창조하시니라."(창세기 1장 1절), "여호와 우리 주여, 주의 이름이 온 땅에 어찌 그리 아름다운지요."(시편 8편 1절)

이 구역은 지구라는 골디락스 안에 숨겨진, 또 하나의 작은 골디락스가 아닐까 하는 생각이 들었다.

배낭, 카미노의 변수

나폴레옹 루트에서 가장 높은 지점인 에포에데르에서 론세스바예스로 내려오는 험난한 길은, 피레네산맥을 넘으면서 만끽했던 골디락스를 삼켜 버리기에 충분했다. 끝나지 않을 것 같은 내리막 자갈길을 끊임없이 내려와야 했다. 이 지점이 카미노에서 제일 어려운 코스라는 말이 실감이 났다. 인내심의 한계에 이를 때쯤 되니, 하얀 대형 알베르게 건물이 나왔다. 원래 순례자 구호 병원이었다고 한다. 백이십 개가 넘는 침대를 갖추고, 생장에서 넘어오는 순례자들에게 스페인에서의 첫날 밤을 제공하고 있었다. 시설은 꽤 깨끗한 편이었으나, 너무 많은 사람들이 한꺼번에 몰리다 보니 무슨 시장 바닥 같은 느낌이 들었다. 화장실 물 내리는 소리, 양치질하며 가래침 뱉는 소리까지 침대에서 들렸다. 방 하나에 이층 침대가 두 개씩 있어 네 명이 잘 수 있었다. 방의 출입구는 복도를 향해 나 있었고 문도 없었다. 수

많은 사람들이 슬리퍼를 신고 지나다녔다. 질질 끌리는 소리가 날 때마다 신경이 거슬렸다. 그래도 잠은 잘 잤다. 피곤이 수면제였다.

출발 전 집에서 짐을 꾸릴 때, 가능하면 배낭 무게를 줄이고 또 줄이기 위해 많은 시간을 들여 고민을 했었다. 하지만 피레네산맥을 넘으면서, 필요 없는 물건들이 배낭에서 아직도 우리를 괴롭히고 있다는 걸 아는 데는 그리 많은 시간이 필요하지 않았다.

아침에 일어나 다음 목적지인 수비리로 출발하기 전에 짐을 다시 한번 점검했다. 지금 배낭에 있는 물건 중에, 정말로 필요한 것과 없어도 되는 것을 구별하는 작업은 그리 어렵지 않았다. 저렴한 물건들만 챙겨 왔고, 옷도 오래 입던 것들로만 골라 왔기 때문에, 버리는 데 아무 미련이 없었다. 양치질할 때 쓰는 워터픽, 혹시 몰라서 챙겨 왔던 아내의 두꺼운 상의, 다니면서 읽으려고 가지고 왔던 책, 비가 올 때 사용하려던 신발 커버 등등…. 쓰레기통만 배 불려 줬다.

배낭 무게가 각각 1킬로그램씩은 줄어 들었다. 아내 빼고 버릴 수 있는 건 다 버릴 심산이었다. 짐이 가벼워지니 발도 가벼워졌고 마음까지도 홀가분해졌다. 길도 더 멀리까지 보이는 듯했다.

생장에서 출발해 피레네산맥을 넘을 때, 일본인 부부 한 쌍을 만났다. 남편은 체격도 통통한데다가 배도 제법 불룩 나와 있었는데, 얼핏 보면 임신 9개월은 되어 보였다. 부인은 그에 비해 마르고 조용한 인상을 갖고 있었다. 또래처럼 보여서 서로 반갑게 인사를 주고받았다. 일본 어디서 왔는지 묻진 않았지만, 도시보다는 시골 출신 같다는 느낌을 받았다. 우리처럼 일상을 잠시 내려놓고 온 사람들 같았다. 이들은 크고 무거운 배낭을 각자 어깨에 메고, 마치 배낭에 눌려 다니는 듯한 모습으로 걷고 있었다. 며칠 후 팜플로나에서 다시 만났는데, 몹시 지쳐 있는 모습이었다. 그러면서 일본으로 돌아가야 할 것 같다고 했다. 남편의 발에 무리가 온 데다가, 도저히 이 체력으로는 끝까지 못 갈 것 같다며 아내분이 어두운 표정으로 말했다.

◀ 무거운 배낭을 짊어지고 가는 부부.

짐작건대, 카미노를 출발하기 전에 사전 정보가 충분치 않았거나, 걷기 연습도 없이 훌쩍 떠나온 모양이었다. 그 이후로 그들을 다시 보진 못했으니, 정말로 일본으로 돌아갔는지도 모르겠다. 짐에 대한 애착이 결국 길을 포기하게 만든 건 아닐까 싶었다. 짐도 뱃살도 쉽게 내려놓을 수 있는 건 아니니까.

앞에 키가 크고 건장한 남자가 느릿느릿 걸어가고 있었다. 배낭이 얼마나 큰지, 보는 것만으로도 내 어깨까지 무거워지는 느낌이었다. 그의 뒷모습은 배낭이라기보다는, 마치 지게를 지고 가는 듯했다. 시간이 켜켜이 쌓인, 중세 시대부터 물려받은 듯한 색 바랜 배낭이었다. 얼굴은 어딘지 모르게 슬픔과 애환이 묻어나는 듯해 보였다.

▲ 프랑스인 알렉스와 아내가 담소를 나누고 있다.

제2장 생명수의 강을 건너다

▲ 무거운 배낭을 짊어지고 걷는 알렉스의 뒷모습.

"부엔 카미노(Buen Camino)!"('부엔 카미노'는 '좋은 순례길 되세요.'라는 스페인어인데 카미노에서는 세계 공용어나 다름없다. 만날 때나 헤어질 때 아무리 무뚝뚝한 사람도 이 말은 꼭 하고 갈 정도다.)

인사를 건네니 의외로 환하고 선한 미소로 맞아 주었다. 웬 짐이 그렇게 많으냐고 물었더니, 그는 그저 픽 웃었다. 키가 얼마나 큰지 그와 눈을 맞추려면 내 고개가 젖혀질 정도였다. 프랑스에서 왔고 이름은 알렉스라고 했다.

그는 순례자라기보다는 방랑자였다. 우리 같은 순례자는 산티아고라는 목적지가 있지만, 그는 목적지가 달리 없었다. 자기는 굳이 산티아고까지 갈 이유가 없고, 그냥 이 길이 좋아 자주 온단다. 길 위를 걷는 사람들을 보기만 해도 좋다고 했다. 중간에 프랑스로 돌아가고 싶으면 언제든지 미련 없이 돌아간다고도 했다. 남들이 잘 다니지 않는 길을 일부러 택하는 경우도 있고, 중간에 마을이 없으면 텐트를 치고 잔다고 했다. 그러니 배낭이 크고 무거울 수밖에.

이렇게 떠돌아다니면 평소엔 뭘 먹고 사느냐고 물었더니, 여행을 하다가 돈이 떨어지면 프랑스에 돌아가 잠시 일을 한다고 대답했다. 돈이 좀 모아지면 다시 배낭을 메고 방랑자가 된다며 살짝 미소를 지었다.

그와는 영국 성공회가 운영하는 라바날 알베르게에서 함께 묵은 적이 있었다. 이곳에서 갈리시아 북쪽 산악 지대로 들어갈 계획이라고 말했다. 언제 프랑스로 돌아갈 거냐고 물었더니, 어깨와 두 팔을 살짝 올리며 고개를 좌우로 흔들었다. 이후에는 그를 만나지 못했다.

그에게는 발걸음 닿는 곳이 곧 고향이고 타향이었다. 그는 마치 1000년이나 2000년 전부터 카미노를 떠돌아다니는 나그네처럼 보였다.

방랑자에게는 텐트, 침낭, 취사도구 등등 챙겨야 할 게 많다. 그에게는 배낭이 무거워야 생존할 수 있다. 하지만, 배낭이 가벼워야 앞으로 편히 나아갈 수가 있다. 삶이 단순해야 할 나그네에게나, 복잡한 삶을 사는 현대인에게나 모순은 어디에나 있다. 그 모순을 어떻게 극복하냐는 각자의 몫이다.

대만에서 왔다는 수지를 로스 아르코스(Los Arcos)에서 다시 만났다. 익숙한 얼굴이었다. 피곤해 보이는 얼굴이었지만, 그녀의 미소는 어딘지 모르게 상대방을 안심시키는 힘이 있었다. 왜 혼자 있냐고 물었더니, 본인은 발에 문제가 생겨 버스를 타고 왔고 남편은 지금 걸어오고 있는 중이라고 했다. 프랑스에서 3박 4일 지낼 때 같은 호텔에서 묵었던 부부였다. 생장으로 가는 테제베(TGV)를 타기 위해 우리와 함께 호텔에서 나왔었다. 마침 그들도 우리와 같은 시간의 기차를 예약해 두고 있었다. 그들의 배낭은 우리 것보다 두 배는 더 커 보였다. 테제베 역까지는 약 20분을 걸어야 했는데, 그 큰 배낭 때문에 두 부부는 뒤뚱거리다시피 걷고 있었다.

며칠 후 '수탉의 기적'으로 유명한 산토 도밍고(Santo Domingo)에서 수지를 또 만났다. 이번엔 남편도 함께였다. 지금은 '동키 서비스'로 짐을 보내고 있다고 했다. 그래도 포기하지 않고 계속 순례자의 길을 가는 게 대견했다. 수지의 남편은 허리가 구부정했고, 아내에 비해 나이가 훨씬 더 들어 보였다. 그와 나는 동갑내기였는데, 그를 보자 나도 팍 늙어 버린 느낌이 들었다.

들꽃도 이름을 불러 주면…

라 리오하(La Rioja) 지역은 포도주의 고장답게 넓은 포도밭이 지평선까지 이어졌다. 길 양옆으로는 가지런히 정돈된 포도나무들이 줄지어 서 있다. 젊은 포도나무도 있었지만 늙은 포도나무들이 더 많았다. 과연 포도가

열릴까 싶은 고목 포도나무에서도 봄을 알리는 새싹들이 푸릇푸릇 돋아나오기 시작했다. 사람이나 식물이나 아무리 세월이 지났어도 삶에 대한 애착은 다르지 않아 보였다.

◀ 노란 화살표 기둥이 있는 길 양옆으로 포도밭이 끝없이 펼쳐져 있다. 저 멀리 유칼립투스 나무도 보인다.

어느 정도 지나니 밀밭 길을 따라 유칼립투스 나무들이 도열해 있었다. 바람에 이는 나뭇잎들이, 햇빛을 반사하며 생명의 기쁨을 한껏 쏟아내고 있었다.

초록 초록한 넓은 들판은 순례자들의 눈을 시원하게 해주고 있었고, 이름 모를 꽃들이 길가 여기저기에 무심하게 피어 있었다. 이 들꽃들은 솔바람에 흔들리며 순례자들에게 환하게 미소를 보내고 있었다. 마치 사람의 손길이 없어도 잘 살고 있다는 듯이. 가까이 들여다보면, 크고 화려한 꽃보다 작고 여려 보이는 꽃들이 더 강해 보였다. 거칠고 메마른 흙 위에서도 꿋꿋이 버티고 있는 이 이름 모를 생명들은 지친 순례자들에게 위로를 건네고 있었다.

아내가 무슨 꽃인지 아느냐고 물어봤다.

"이름을 모르면 그냥 잡꽃이지 뭐."

난들 그 이름을 어떻게 알겠는가. 발도 아프고 무릎도 쑤셔 오는데 꽃 이름이 뭐가 그리 중요할까 싶었다. 그렇게 말하고 나니 왠지 꽃들에게 미안한 생각이 들었다. 말 없는 생명이긴 하지만, 내 이름도 모르냐고 항의하는 것 같은 느낌이 들었다.

카미노에서 보이는 들꽃 중에, 내가 이름을 아는 꽃은 유채꽃과 양귀비였다. 밭두렁을 따라 두 꽃들이 뒤섞여 피어 있는 풍경이 자주 눈에 띄었다. 이 두 생명들이 이렇게 잘 어우러진다는 것을 카미노에서 보고 알았다.

유채꽃은 세계 어디를 가나 쉽게 볼 수 있을 만큼 생명력이 무척 강한 꽃이다. 카미노 곳곳의 넓은 들판에는, 노란 유채밭과 초록 밀밭이 바둑판처럼 어우러져 장관을 이루고 있었다. 또한 양귀비는 진홍빛 잎을 뽐내며 곳곳에서 작은 군락을 이루고 있었다. 미국 캘리포니아에도 흔히 보던 꽃이라 낯설지는 않았다.

우리는 들에 피어 있는 꽃들을 그냥 들꽃이라고 부른다. 한국에서 나이가 좀 들어 보이면 누구나 아버님, 어머님, 어르신이라며 무인칭으로 불리는 것과 다를 바 없다.

장미는 인간의 삶, 애욕과 함께 인간 세계에 자리를 잡은 꽃이다. 시와 노래의 단골 소재로 쓰이기도 하고, 애인에게 사랑을 표현하는 징표로도 쓰인다. 그래서 장미에게는 장미라는 이름이 필요하고 또 그게 어울린다.

하지만 들에 피는 이름 모를 꽃들은 그냥 '꽃'이면 족하다. 누가 알아주든 말든, 계절에 따라 피고 지면서, 자연의 일부로 살아가고 있다. 인간이 주목하지 않는다는 이유로 이름조차 없지만, 그 존재 자체만으로 아름답다. 장미같이 화려한 이름 대신, 비교되지 않고 기대받지 않는 그 자유로움. 그래서 순례자에게는 들꽃이 더 친밀하게 다가오는지 모른다.

▼ 길가에 피어 있는 양귀비.

꽃의 이름에 대해 얘기하다 보니, 아내가 한창 전시회를 열 때, 그림 제목 짓는 일을 내가 도와주던 일이 생각났다. 그림의 제목은 곧 그 그림의 이름이다. 한 화가의 작품은 대체로 비슷한 분위기를 지니고 있다 보니, 그림마다 서로 다른 제목을 붙이는 일은 생각보다 쉽지 않았다. 그래서 별다른 아이디어가 없으면 '무제'라고 붙이기도 했다. 지금 생각해 보면 너무 무성의했다. 아내가 정성껏 창작한 작품에 '무제'라니. 어느 시인이 '이름 모를 꽃'이라는 표현을 썼다가, 김동리 선생한테 혼쭐이 났다는 문학계 일화가 생각났다. 이름을 불러 준다는 것은 그 존재에 대한 관심이고, 나아가 사랑의 표현이기도 하다. 미국에서 부동산업을 할 때, 내가 가장 힘들었던 건, 사람 이름을 잘 기억하지 못한다는 점이었다. 분명히 나를 통해 집을 산 고객이긴 한데, 이름이 생각 안 나는 경우가 더러 있었다. 식당이나 커피숍에서 마주쳤을 때 그 민망함이란. 내가 부동산 업계에서, 기대했던 것만큼의 성공을 거두지 못했던 원인 중의 하나가 아니었나 싶기도 했다.

"화려하지도 자태를 뽐내지도 않지만, 더없이 아름다운 들꽃들아. 이름을 몰라 미안하다. 하지만 너희들이 있어서 이 지구가 오늘도 살아 숨 쉬고, 그 덕분에 나도 지금 이 카미노를 걷고 있단다."

.

아름다운 선물 일출

새벽의 모습은 세계 어디에서든 아름답고 경이롭다. 하지만 스페인 카미노의 새벽은 더 특별해 보였다. 코끝을 스치는 싸한 공기의 맛은, 그 어떤 것과도 바꿀 수 없을 만큼 신선했다. 상쾌한 공기를 마시며 아침마다 마주하는 해돋이 장면은, 아마 평생 머릿속에서 지워지지 않을 것이다.

산 후안 데 오르테가(San Juan de Ortega)에 있는 알베르게에서 만난 뉴욕 간호사 J 씨. 같은 방에 배정을 받았다. 이 방에 우리 말고 유일한 한국인이어서 금세 친해졌다. J는 침대에 걸터앉아 계속 핸드폰만 들여다보고 있었다. 다음 숙소를 예약하려고 해도 예약이 안 된다고 걱정하며 우리를 쳐다보았다. 부킹닷컴에 찾아보니 앞에 지나가야 할 몇 개 마을들의 알베르게가 벌써 다 만실이라고 나온다고 했다.

나도 덩달아 덜컥 겁이 났다.

지난번 산솔(Sansol)에서 약간 늦게 도착했다가, 방이 꽉 차 지친 몸을 이끌고 다음 마을까지 가야 했었다. 그때 힘들어했던 아내의 얼굴이 떠올랐다. 이라체 와이너리에서 제공하는 공짜 와인을 한 모금 마시고 나서, 기분이 좋았던 날이었다. 그날 목적지는 로스 아르코스(Los Arcos)였는데, 알베르게가 예약이 안 돼 그다음 마을인 산솔까지 가기로 했었다. 조그만 마을이라 당연히 자리가 있을 거라고 생각했다. 하지만 도착해 보니 산솔도 만실이었다. 하는 수 없이 다음 마을까지 가서야 겨우 침대를 잡을 수 있었다.

나도 검색을 해 보니, 남아 있는 침대가 없었다.

우리와 J는, 내일 새벽 가능한 한 일찍 함께 출발하기로 했다. J는 자기가 헤드라이트를 가져왔으니, 깜깜할 때 출발해도 문제가 없다고 자신 있게 말했다. 함께 출발하면 서로 의지도 되고 좋다는 것.**(우리도 헤드라이트를 챙겨 왔지만, 론세스바예스에서 설마 쓸 일이 있겠느냐며 버렸다. 너무 성급하게 버리지 않았나 싶었다. 물론 이 이후에도 도착할 때까지 헤드라이트를 쓸 일은 없었다.)**

가면서 적당한 알베르게가 나오면, 그곳으로 숙소를 정하자고 했다.

▼ 형형색색으로 하늘을 물들이며 타오르는 일출 모습.

새벽 4시경에 일어났다. 조심스레 고양이처럼 살금살금 침대에서 빠져 나왔다. 다른 순례자들의 잠에 방해가 될까 봐 침낭 핸드폰 세면도구 등을 손에 잡히는 대로 끌어안고 나왔다. 배낭은 밖에서 차분히 정리하면 될 일 이었다. 나중에 보니, 찬바람 막이용으로 쓰던 스카프를 빠트렸다. 실내가 너무 어두워 그냥 침대 위에 두고 나온 모양이었다. 의도치 않게 짐을 하나 더 버려, 배낭 무게를 조금이나마 줄인 셈이 됐다.

J가 헤드라이트를 켠 채 뒤에서 비춰 줬고, 나와 아내는 더듬더듬 앞으로 나아갔다. 마치 광산 노동자가 된 기분이었다. 새벽의 어둠은 서서히 퇴장할 준비를 하고 있었다. 사물의 윤곽이 조금씩 드러내기 시작하며, 어둠과 빛이 교대할 시간이 가까워지고 있음을 알리고 있었다. 뒤를 돌아보니, 저 멀리 동쪽 지평선 위로 푸르스름한 보랏빛 선이 슬며시 드러나기 시작했다. 그 보라색은 금세 핑크로 변했고, 이어서 벌레 물린 자리처럼 검붉게 번져 나가기 시작했다. 그러더니, 마침내 달걀노른자 같은 해가 뿅 하고 솟아 나왔다. 어둠을 밀어내고 희망의 새날을 알리는 전령이었다.

어둠은 새로운 날에게 시간과 공간을 양보하면서 서서히 물러났고, 동쪽 하늘엔 빛의 입자들로 가득 찼다. 어제의 희로애락을 지구 반대편에 쏟아 버리고, 새롭게 나타난 빛은 신선하고 아름다웠다. 이른 새벽의 찬 공기를 들이마시자, 낯선 시간의 냄새가 몸속으로 흘러들어오고 있었다.

숙소를 못 잡을까 봐 이른 새벽에 나선 일이, 이런 멋진 일출을 선사할 줄이야.

신비한 저녁노을, 그리고 하루의 마감

알베르게에 도착하면 몸은 늘 녹초가 돼 있다. 특히 비가 오는 날이면 사지는 바람 빠진 풍선처럼 축 늘어지곤 했다. 아침부터 찌뿌둥했던 하늘은 석양조차 삼켜 버린 채 무겁게 내려앉았다가 금세 저물어 버렸다. 이런 날의 밤은, 맑은 날의 밤보다 더 깊고 어두웠다. 젖은 옷을 말리고, 신발에 묻은 흙을 털어내고, 허기진 배를 채우고 나면, 잠드는 것 외에는 뭔가를 할 수 있는 힘이 남아 있지 않았다.

하지만 맑은 날은 달랐다.

샤워를 하고 아픈 발을 달래며 정신을 좀 추스르다 보면 저녁노을의 마술에 빠져들었다. 온 천지에 저녁이 사뿐히 내려앉았고, 오늘 하루를 마감하는 해는 아쉬움을 토로하듯 서쪽 하늘을 형형색색으로 물들이기 시작했다. 하늘에 떠 있는 구름 조각들은 숨을 죽인 채, 빛의 향연을 받아들일 준비를 하고 있었다. 노란빛 보랏빛 분홍빛 진홍빛… 색들은 시시각각 변화하고 서로 겹치면서, 인간의 시야로는 온전히 담을 수 없는 색으로 전개되는 신비한 풍경이 펼쳐졌다. 서쪽 하늘은 커다란 하나의 화폭이 되었고, 나는 수채화를 그리는 화가의 액자 속으로 빨려 들어간 듯했다.

눈 깜빡하는 사이에 해는 지평선 너머로 사라졌고, 마지막 황금빛만 남아 세상을 고요함으로 감싸고 있었다.

또 하루가 실루엣 속으로 스며들어 가고 있었다. 지평선 너머로 그 마지막 빛마저 어둠 속으로 스러져 가면, 아직 기운이 남아 있는 순례자들의 두

런거림이 귓가에 아련하게 맴돌았다. 그 소리와 함께 솜털처럼 따뜻한 편안함이 스며들고, 피곤한 잠이 스르르 녹아들었다.

어둠이 짙어지자, 알베르게는 숨을 죽이며 내일을 맞을 준비를 했다. 마지막 꼬리를 남기며 서쪽으로 사라진 빛은, 밤새 지구를 한 바퀴 돌아, 새로운 하루의 시간을 채우려 동쪽 하늘로 나타날 것이었다.

누군가가 그랬다. 저녁노을이 아름다운 것은 돌아갈 집이 있기 때문이라고. 고달픈 하루를 마친 나에게 돌아갈 집이 있다는 건 행복한 일이다.

나를 위로해 주시는 하나님의 집. 하나님과의 스토리를 만들어 갈 집. 어제의 노을과 오늘의 노을은 분명 달랐고, 내일의 노을은 또한 다를 것이다. 하나님은 나에게 항상 새로움을 준비해 주신다. 그게 바로 내가 살아야 할 이유인지도 모른다. 이렇게도 아름다운 저녁노을을 매일 그려 내시는 하나님은, 분명 부지런한 수채화가이심에 틀림없다.

자부심을 갖게 해주는 한글

"안녕하세요.", "어서 오세요."

카미노에 있는 어느 카페나 알베르게에 가도, 주인장들은 한국어 한두 마디 정도는 할 줄 알았다. 또한 순례길 곳곳에서 한국어를 심심치 않게 들을 수 있었다. 고추장, 김치, 라면, 소주를 판다는 한글 광고판도 여기저기 눈에 띄었다. 큰 마을의 식당 입구에는 태극기와 함께 '오늘의 메뉴'라는 한글 입간판이 세워져 있기도 했다. 에르미타 델 에체 호모(Ermita Del Ecce Homo) 라는 조그만 성당 앞에는 '신앙은 건강의 샘'이라는 한글 문구가 돌로 만든 비석에 새겨져 있었다.

산티아고에는 '언니네 편의점'도 있다 주인은 카미노에 순례 왔다가 카미노가 좋아 아예 눌러앉았다고 했다. 생계를 위해 차린 이 가게는 이제 한국인들에게는 명소가 됐다. 주로 한국 라면이나 한국 과자를 팔았다. 카미노에서 한국 라면은 한국인에게는 최고 인기 있는 식품이다. 가격은 상관하지 않는다. 맛볼 수 있다는 것만으로도 너무 감사하다. 외국인들조차도 한글 간판을 어떻게 알고 찾아왔다. 카미노를 찾는 아시아인들 중에 한국인이 단연 1위라고 하니, 그에 따른 한국어의 위상도 자연스럽게 높아졌음을 보여주는 사례라 할 수 있다. 주인 언니는 지리를 잘 모르는 한국인들에게 무료 가이드 역할도 해주고 있었다. 우리도 이 '언니'가 피니스테레로 가는 버스를 전화로 예약해 주어 덕분에 편하게 다녀왔다. 스페인어를 모르는 우리에게는 그야말로 천군만마였다. 이 '언니'의 얼굴에는 '자유'라는 기쁨이 환하게 피어 있었다.

▲ 조그만 마을 성당 앞에 '신앙은 건강의 샘'이라는 글자가 한글로 쓰여 있다.

산티아고에 있는 언니네 편의점 내부. ▲

　한글은 과학적이고 서정적인 언어다. 자음 열아홉 개(ㄲ, ㄸ, ㅃ, ㅆ, ㅉ까지 포함)와 모음 스물한 개(ㅘ, ㅙ, ㅚ, ㅝ, ㅞ, ㅟ, ㅢ까지 포함)가 합쳐, 그 수많은 뜻과 소리를 내니 얼마나 과학적인가.

　훈민정음은 단순히 글자를 나열한 것이 아니라, 소리 나는 방식과 발음 기관의 구조를 체계적으로 분석해 만든 문자다. 자음은 발음할 때 쓰이는 입술, 혀, 목의 형태를 본떠 만들었고, 모음은 하늘(•), 땅(ㅡ), 사람(ㅣ)을 상징하는 기본 요소를 조합해 구성했다. 이처럼 철학과 과학이 결합된 문자 체계는 세계적으로도 드물며, 누구나 쉽게 익히고 정확하게 소리를 표기할 수 있다는 점에서 매우 과학적이라 평가받는다.

제3쿼터

김소월의 시 「진달래꽃」 중에 "사뿐히 즈려 밟고 가시옵소서."라는 행이 있다. 나는 언어학자는 아니지만, '즈려'라는 표현은 아마도 한국어에만 존재하는 말이 아닐까 싶다. 사랑하는 님을 말없이 고이 보내 드리는 그 애절한 마음을, 어쩌면 이토록 아련하고 서정적으로 표현을 할 수 있을까.

소설 『뿌리 깊은 나무』를 읽어 보면 집현전 학자들이 연쇄적으로 살해당하는 내용이 나온다. 물론 픽션이지만 당시 세종대왕에게는 훈민정음이 얼마나 엄중한 '비밀 프로젝트'였는지 보여주는 대목이다.

집현전 대제학이었던 사대주의자 최만리는 '천하고 속된 글을 만드는 건, 중국을 버리고 오랑캐가 되는 일'이라며 결사반대를 했다. 옛날이나 지금이나 기득권을 지키려는 정치 세력은 항상 있게 마련이다. 그 당시에 유림들은 글을 읽고 쓰는 것이 자기들만의 특권이라고 생각을 했다. 이런 수구세력들에 의한 한글 만들기 프로젝트 방해 작업은 필사적이었다. 세종 대왕의 이런 외로운 싸움을 통해 탄생된 것이 우리 한글이다. 일제 강점기, 한글 말살 정책 속에서도 꿋꿋이 살아남은 언어다. 세종 대왕의 뜻을 이어받은 한민족의 후예들, 수많은 문학인이나 학자들이 갈고닦아 가꿔 온 언어다.

카미노 중간쯤에서 예쁘장한 아가씨가 "안녕하세요?"라며 인사를 건넸다. 어디서 왔냐고 묻자, 자신은 대만 사람이라고 했다. 어떻게 그렇게 한국말을 잘하냐고 물었더니, 케이팝을 들으며 공부했다고 했다.

한국 사람인 줄 착각할 정도로, 한국어를 한국 사람처럼 유창하게 잘하는 싱가포르 아가씨도 만난 적이 있었다. 한국계 회사에서 근무한 적이 있다고 했다. 세계로 뻗어 나가는 K-컬쳐와 함께, 여러 나라에서 한국어 배우기 열풍이 일고 있다는 내용을 한국 뉴스에서 본 적이 있다. 정말 뿌듯한 일이 아닐 수 없다. 조만간 한글이 세계 공용어 중 하나가 됐으면 하는 바람은 욕심일까.

노벨 문학상을 배출한 언어가 아니던가. 나는 한글이 자랑스럽다.

노란 화살표의 위력

카미노는 오르막과 내리막을 수없이 품고 있다. 이는 발이 성치 않은 순례자에게는 가는 길이 더욱 멀고 지치게 느껴진다. 이런 지루한 길과의 싸움에서 양념 역할을 해주는 것이 바로 노란 화살표다. 순례자에게는 구글맵이나 각종 지도를 제공하는 앱보다, 노란 화살표가 훨씬 더 친근하다. 노란 화살표는 카미노의 상징이자 순례자들에게 가장 신뢰할 수 있는 이정표이기도 하다. 카미노에서 길을 잃을 수 없다고 하는 이유는 다 이 노란 화살표 덕분이다. 하지만, 가끔 딴생각에 잠겨 노란 화살표를 놓치는 경우도 있다. 나와 아내도 역시 그랬었다. 카미노 3일 차, 부르게테(Burguete)를 지나 수비리로 향하던 날이었다. 헤밍웨이가 묵었다는 호텔을 지나, 오른쪽으로 빠져나가는 골목길로 가야 했다. 하지만 우리는 아름다운 마을 풍경에 대한 감동과 헤밍웨이의 삶에 대한 깊은 생각에 잠겨 그대로 직진하고 말았다.

옆에서 함께 걷던 덴마크에서 온 소비아 역시 화살표를 놓쳤다. 그녀도 우리처럼 계속 앞으로만 걸어갔던 것. 뒤에서 사람들이 큰 소리로 "길을 잘 못 가고 있다."라고 알려 주었고, 우리는 그제서야 돌아섰다. 낯선 이들이 애써 소리쳐 주는 그 모습에서 나는 카미노 조직의 동지애를 느꼈다. 되돌아가 보니, 노란 화살표는 수비리로 이어지는 골목길의 담벼락과 아스팔트 길바닥에 분명하게 그려져 있었다. 조그마한 스페인 마을의 매력에 빠져 집중을 못 한 카미노 초보자의 실수였다.

소비아는 첫날 생장에서, 같은 알베르게의 같은 방에서 묵은 인연이라 무척 반가운 얼굴이었다. 그녀는 전날에도 론세스바예스의 대형 순례자 알베르게에서 같이 머물렀었다.

그녀와는 산티아고 도착하는 날까지, 계속 중간중간에서 만나고 헤어지기를 수없이 반복했다. 서로 마주칠 때면 노란 화살표를 함께 놓쳤던 기억으로 반갑게 인사하곤 했다.

노란 화살표는 지역에 따라 다양한 모습으로 순례자의 길을 안내했다. 어느 마을에서는 허물어져 가는 창고 벽에, 또 어떤 곳에서는 페인트로 아스팔트 위에 그려져 있었다. 때로는 나무나 돌담, 길모퉁이, 전봇대에도 나타났다. 화살표는 필요한 곳에서 항상 그 존재감을 드러내고 있었다. 메세타 고원을 지날 때, 길 한가운데에 누군가가 정성스레 돌을 모아 '돌 화살표'를 만들어 놓은 것도 있었다. 규모도 제법 컸다. 만드느라고 아마 한나절은 소비했을 것 같았다. 어쩌면 어느 순례자가 뒤따라오는 순례자에게 희망을 심어 주기 위해, 구도자의 마음을 담아 만들지 않았을까. 이런 화살표들은 단순한 길 안내자의 역할도 하지만, 지친 순례자들에게 위로와 용기를 주기도 했다.

▲ 카미노에서의 노란 화살표는 순례자들에게는 없어서는 안 될 중요한 이정표다.

화살표는 지역 경제 여건에 따라 모습이 조금씩 달라 보였다. 시골 마을에 있는 화살표는 어떤 경우에는 창고 같은 움막에 페인트로 거칠게 그려져 있었다. 이정표라기보다는 아무렇게나 그려 놓은 낙서처럼 보였다. 하지만 이들은 순례자들에게는 없어서는 안 될 소중한 존재였다.

큰 도시에서는 화강암 바닥에 박힌 청동 조가비와 함께 노란 화살표가 순례자를 안내했다. 좁은 골목길 코너의 멋진 석조 건물 벽에도 어김없이 청동 조가비와 노한 화살표가 반짝이며 순례자를 맞이하고 있었다.

갈리시아 지방에 들어서면 이 노란 화살표가 들어 있는 표지판은 더욱 촘촘하게 서 있었다. 높이 50센티미터쯤 되는 시멘트 기둥마다 청동으로 만든 사각형 판에 노란 조가비 모양의 빗살무늬가 새겨져 있다. 그 아래에는 산티아고까지 몇 킬로미터가 남아 있는지를 알려주는 숫자를 보여주었다. 아마도 관광 수입이 비교적 좋은 지역이라서 비용을 충분히 감당할 수 있었을 것이다.

어느 경우에는 겨우 몇십 미터를 걸었을 뿐인데, 또 시멘트 기둥이 나타나기도 했다. 굽어지는 길목마다 놓여 있다 보니 친절하기는 했지만, 지쳐 있는 순례자의 마음을 되레 조급하게 했다. 한참을 온 것 같은데 기둥이 또 나와서 보면, 몇십 미터밖에 줄지 않았으니 말이다. 목적지에 빨리 도착하기를 바라는 이에게는, 남은 거리만큼이나 피로감도 더 커지게 마련이다.

▲ 노란 화살표는 필요한 곳이면 어디든 나타난다. 아스팔트 큰길에서 좁은 산길로 안내하고 있다.

제3쿼터

갈리시아 지방이 시작된다는 이정표가 있는 언덕을 넘어서자, 해발 1,300미터 높이의 오 세브레이로(O Cebrero)가 나타났다. 이곳에는 산타 마리아 라 레알(Santa María la Real) 성당이 자리를 잡고 있었다. 836년에 건립됐다고 하니 카미노에서는 오래된 성당 중의 하나다. 성당 앞에는 노란 화살표에 인생을 바친 한 사람의 흉상이 서 있었다. 엘리아스 발리냐 신부. 그는 1980년대부터 직접 노란 페인트를 들고, 순례자의 길목마다 화살표를 그려 길을 안내했다고 한다.

이 성당에는 '성체의 기적'이 일어났다는 전설도 있다. 겨울바람이 매서운 어느 날, 인근 농부가 비바람을 뚫고 미사에 참석했고, 미사 도중 빵과 포도주가 예수의 살과 피로 변했다는 이야기다. 이 기적의 흔적은 지금도 성당 안에 보관되어 있지만, 내가 방문했을 때는 일반인에게 공개되지 않아 그 안을 들여다보지는 못했다. 하지만 꼭 눈으로 보지 않아도, 나는 이미 충분히 많은 감동과 만나고 있었다. 노란 화살표의 존재 만으로도, 카미노는 내 삶에 또 하나의 의미를 새겨 주었다.

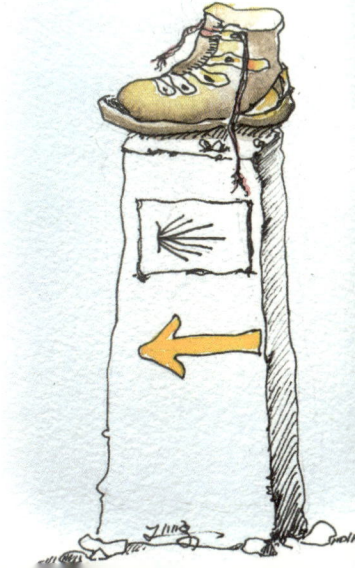

▲ 엘리아스 발리냐 신부의 흉상.

마음의 평화를 얻다

이제 며칠만 더 가면 산티아고에 도착한다. 31일째 걷고 있으니 마음도
몸도 많이 지쳤다. 오늘은 폰프리아(Fonfría)에서 사모스(Samos)까지 가
는 일정이었다. 산악 지대인 갈리시아는 오르고 내려가는 길이 제법 많다.
어제는 온종일 언덕(산)을 올라왔다. 계곡물과 새소리를 행진곡 삼아 잘 버
티며 견디었다. 오늘은 거꾸로 계속 내려간다. 길에는 쇠똥이 널려 있었고,
거기에서 나오는 메탄가스 냄새에 숨이 턱턱 막혔다. 머리가 아플 지경이
었다. 이 지역은 소 키우기가 주된 농사인 모양이었다. 그래서 그런지 초원

에 밀밭이나 포도나무가 없었다. 온통 소먹이용 풀밭이었다. 조금 지나니 냇물이 다시 보였다. 어제는 냇물을 거슬러 올라왔지만, 오늘은 냇물과 같은 방향으로 내려갔다.

끝없어 보이던 내리막길이 끝나고 사모스 마을이 나왔다. 숙소는 사설 알베르게인데 2인용 방이라 모처럼 편히 쉴 수 있었다. 더군다나 숙소 건물이 물살이 제법 빠른 냇물을 끼고 있어 운치가 있었다. 물소리를 들으며 잠이 드는 걸 좋아하는 나는 벌써 마음속에 잔잔한 물결이 번지는 듯했다. 이 알베르게는 주방 시설이 좀 좁기는 했지만, 있을 건 아쉬운 대로 다 갖춰져 있었다.

◀ 갈리시아 지방에 들어서면 곳곳에서 소 떼를 만나게 되고 쇠똥 냄새가 진동을 한다.

마켓에 가서 음식 재료를 샀다. 알베르게에서 직접 해 먹기에는 파스타가 가장 쉽고 간편하다. 더군다나 갈리시아는 바다가 가까운 지방이라서 해산물 파스타가 최고였다. 이른 저녁을 해 먹고, 밖에 나가 마을을 한 바퀴 돈 후 수도원을 둘러보았다. 수도원은 이 마을에서 제일 눈에 띄고 큰 건물이다. 6세기에 세워진 베네딕도회 수도원. 커다란 성처럼 보이는 오래된 건물은 규모도 크고 아름다웠다. 이 수도원을 감싸고 돌아 나온 맑은 시냇물은, 우리 숙소 밑을 지나고 있었다. 수도원을 그리고 있는 아내를 남겨두고, 나는 숙소에 돌아와 시냇물에 발을 담그고 멍때리고 있었다. 알베르게에서 순례자를 위해 냇가에 안락의자를 비치해 놨다. 모처럼 숙소를 잘 잡은 것 같았다.

종아리, 발, 허리는 여전히 상태가 불안했다. 언제 고장 날지 모르는 상태였다. 하지만 마음은 평화로웠다.

집 떠난 지 한 달이 넘다 보니 나의 머릿속에는 세상적인 잡념 대신, 소소한 평화가 찾아왔다. 속세를 떠나 산속에서 사는 스님들의 마음을 알 것 같기도 했다. 방에 들어오니 침대의 이불이 고급스럽지는 않지만, 더없이 부드럽고 푹근하게 느껴졌다. 카미노의 피곤함이 스르르 녹아내리는 듯했다. 창밖으로는 시냇물이 흐르는 소리가 들렸다. 시간도 걱정도 상념도 모두 느릿하게 흘러가는 것 같았다.

▲ 사모스 수도원 전경.

제2장 생명수의 강을 건너다

제2절

⌣

침묵의 길

아쉬움만 남긴 헤밍웨이의 흔적

피레네산맥을 넘느라 피곤했던 발은 어느새 회복이 됐다. 이른 아침, 상쾌한 기분으로 알베르게를 출발했다. 짐을 한차례 더 줄여서, 가벼워진 배낭 탓도 있었을 것이다.

론세스바예스에서 수비리(Zubiri)로 가는 길의 첫 마을인 부르게테(Burguete).

▲ 호텔 앞에 있는 헤밍웨이 사인판.

Hostal Burguete. (헤밍웨이가 묵었던 숙소)

▲ 헤밍웨이가 묵었던 부르게테 호텔.

시골의 조그맣고 소박한 이 마을은, 소설가 어니스트 헤밍웨이가 머물면서 『태양은 다시 떠오른다』를 쓴 것으로 알려졌다. 이 마을은 론세스바예스에서 서쪽으로 2.75킬로미터 정도 떨어져 있다.

제2장 생명수의 강을 건너다

알베르게에서 나오면서부터 부르게테까지는 키가 큰 너도밤나무와 참나무로 이루어진 숲길로 이어졌다. 새벽안개가 자욱한 시골의 숲길은 시간이 멈춘 듯 조용했다. 헤밍웨이는 이 숲을 거닐며 낚시를 다녔다고 전해진다. 앞에서는 키가 큰 서양인 남녀가 큰 배낭을 짊어진 채 뒤뚱뒤뚱 걸어가고 있었다.

헤밍웨이가 머물렀다는 부르게테 호텔에는, 그가 연주했다는 피아노가 아직도 남아 있다고 했다. 건물 벽에는 'Hostal Burgete'라고 쓰인 노란색 사인판이 붙어 있었다. 아쉽게도 내가 그 호텔 앞을 지나갈 때는 문이 닫혀 있었다. 너무 이른 아침이라 그런지 안을 들여다봐도 인기척이 없었다. 호텔 앞에는 헤밍웨이 사진과 함께 헤밍웨이가 머물렀다는 내용이 담긴 커다란 안내판이 서 있었다. 헤밍웨이는 『태양은 다시 떠오른다』가 출판된 후, 26년 후인 1952년에 그의 대표작인 『노인과 바다』를 발표했다. 그리고 1953년에 노벨상을 수상했다. 이 호텔 앞을 지날 때만 해도, 몇 개월 후 한국에서 노벨상 수상 작가가 나올 거라고 상상도 못 했었다.

헤밍웨이의 대표작 『노인과 바다』의 주인공 이름은 산티아고. 카미노의 주인공, 성 야고보의 스페인식 이름인 산티아고와 공교롭게도 같다. 헤밍웨이가 『태양은 다시 떠오른다』를 썼을 때는 혈기 왕성한 20대의 나이였고, 『노인과 바다』를 썼을 때는 50대의 나이였다. 그가 『태양은 다시 떠오른다』를 쓸 당시엔, 제1차 세계 대전이 끝난 후 젊은이들이 정신적인 방황을 하던 시기였다. 이 소설의 내용도 그런 시대적 정서가 나타나 있고, 헤밍웨이의 자서전적인 내용도 담겨 있다고 알려져 있다. 부르게테에 머물던 당시, 헤밍웨이도 마음속의 빈자리를 채워 줄 생명수를 찾아 산티아고를 향해 떠났더라면 좋았으련만, 그가 순례를 했다는 기록은 없다. 그는 61세에 사냥총으로 자신의 목숨을 끊고 비극적으로 생을 마감하고 말았다. 자살 이유는 밝혀지지 않았지만 우울증, 알코올 중독, 가정불화 등 여러 가지 추측만 있다. 그의 후반기 소설 『노인과 바다』에서 헤밍웨이는 인간의 허무, 빈자리, 그리움 등을 말하고자 했던 것으로 보인다. 나이를 먹고 나서의 심리적 변화가 소설로 나타났을지도 모른다.

헤밍웨이의 흔적은 다음날 도착할 팜플로나(Pamplona)에도 있었다. 팜플로나에서 매년 7월에 열리는 소몰이 축제 〈산 페르민〉은 소설 『태양은 다시 떠오른다』에도 등장한다. 1936년 스페인 내전 당시 종군 기자 신분으로 다시 스페인에 온 그는 이때의 경험을 바탕으로 『누구를 위하여 종을 울리나』를 썼다. 스페인을 사랑한 헤밍웨이를 엿볼 수 있는 부분이다.

첫 번째 시련, 비바람 치던 용서의 언덕

생장에서 출발한 프랑스 길 순례자라면 누구나 거쳐 가는 용서의 언덕. 팜플로나에서 푸엔테 라 레이나(Puente La Reina)까지의 중간에 위치해 있다. 유튜버들의 카메라와 순례자들의 핸드폰의 배터리가 가장 많이 소모되는 곳 중의 하나다.

언덕 위에는 철판으로 만든 다양한 형태의 철 조각상 순례자들이 한 방향을 바라보며 걷고 있다. 바람을 맞으며 걷는 모습이다. 조각상 밑에 "Don de se cruza el camino del viento con el de las estrellas"라고 쓰여 있다. 이는 '바람의 길과 별의 길이 만나는 곳'이라는 뜻이라고 한다. 이 언덕의 지리적 이름은 알토 델 페르돈(Alto del Perdón). '알토'는 언덕을 뜻하며, '페르돈'은 용서를 뜻한다.

용서의 언덕은 해발 약 790미터. 그렇게 높은 편은 아니지만, 나바라 지역의 전경과 함께 멀리 피레네산맥의 모습까지 보인다고 알려져 있다. 하지만 이날의 날씨는 우리에게 그런 아량까지 베풀어 주지는 않았다.

팜플로나 시내를 완전히 벗어나면, 용서의 언덕으로 올라가는 길이 이어졌다. 골리앗 같은 거대한 풍력 발전기가 오른쪽 능선에서 순례자들을 내려다보고 있었다. 40여 대의 풍력 발전기의 모습은, 희뿌연 하늘과 산등성이를 마치 수술용 실로 꿰매어 놓은 매듭처럼 섬뜩해 보였다. 거대한 날개가 삐걱거리며 내는 기계음 소리는, 가까이 갈수록 더 음산하게 들렸다. 천둥 번개를 동반한 비바람은, 마치 지옥을 탈출해 카미노를 위협하는 점령군처럼 압도적이었다. 이런 상황에서는 누구를 용서할지, 누구에게 용서를 받아야 할지 생각할 엄두조차 낼 수가 없었다. 용서의 언덕이라는 이름이 무색했다. 저 풍력 발전기를 지나 왼쪽으로 올라가면 용서의 언덕이 있으리라. 비바람이 뿌연 하늘 속으로 흩어졌고, 언덕들은 그 속에서 보였다가 사라지기를 거듭하며 어른거렸다. 하늘과 언덕이 뒤엉켜 경계가 분명하지 않았다. 변화무쌍한 카미노의 날씨라더니 예외는 없었다. 피레네산맥을 넘어올 때와는 영 다른 판국이었다.

▲ 용서의 언덕. 필자가 도착하는 날은 몸을 가누지 못할 정도로 바람이 세게 불었다.

우비를 꺼내 입고 한참을 올라오다 보니, 드디어 용서의 언덕이 눈앞에 나타났다. 바람의 저항을 고스란히 받는 우비까지 입고 걷다 보니, 몸이 날아갈 지경이었다. 마침 언덕에 올라왔을 때는 비는 그쳤지만 바람은 아직 매서웠다. 서 있기도 힘들 정도여서, 아름다운 풍경을 보리라는 기대는 공염불이 되고 말았다. 어제까지만 해도 해가 쨍쨍했는데…. 혹시, 팜플로나에서 시내버스를 탄 죗값을 이렇게 치르는 건가 싶었다. 이 와중에 아내는 돌 안내판을 바람막이로 삼아, 그 뒤편에서 순례자 철 조각상을 그리고 있었다. 아내는 가능하면 빨리 이 언덕을 탈출하려는 마음으로 서둘러 그림 그리기를 마무리했다.

제2장 생명수의 강을 건너다

용서의 언덕에서 다음 숙소 레이나까지 가는 길은, 자갈로 뒤덮인 지루한 내리막길이다. 이제 겨우 4일 차. 카미노는 만만치 않다는 걸 경고하는 듯했다.

메세타, 끝없이 펼쳐지는 고원

부르고스(Burgos)는 메세타 고원이 시작되는 관문의 도시다. 대성당과 많은 유적들, 그리고 순례자들과 관광객들로 북적이는 카페와 음식점들, 생기가 넘쳐나는 스페인의 대표적인 도시 중의 하나다.

부르고스는 또한 만남과 헤어짐의 도시다. 어떤 이들은 이 도시에서 카미노를 마감하고 집으로 돌아간다. 또 어떤 이들은 이 도시에서부터 새로운 카미노를 시작하기도 한다. 부르고스는 들어오고 나가는 사람들로 늘 부산하다.

우리같이 생장에서 시작한 '진짜 순례자'들에게는, 이 도시는 마음을 다잡고 전열을 가다듬는 곳이기도 하다. 곧 나타날 메세타 고원을 지나가기 위해서는 숨 고르기가 필요하기 때문이다.

아내는 부르고스 대성당의 전경이 보이는 광장 모퉁이의 카페에 앉아 대성당을 스케치했다. 스페인 최초로 세계 문화유산에 등재되어 있는 대성당은, 웅장함과 아름다움을 뽐냈다.

메세타 고원은 부르고스에서 레온(Leon)까지 약 200킬로미터 정도의 구간이다.

▼ 끝없이 이어지는 길이 펼쳐져 있는 메세타 고원.

평균 해발 750미터. 간혹 해발 900미터가 넘는 구간도 있기는 하다. 고원이다 보니 넓고 탁 트인 대지 위로 불어오는 바람만이, 고독한 순례자에겐 유일한 대화의 상대였다. 이 지역은 순례자의 인내심을 시험하는 길로도 알려져 있다. 차도를 끼고 걷는 구간도 많고, 주변은 매일 그 풍경이 그 풍경처럼 보여 지루함의 연속이었다. 끝없이 펼쳐진 평원 위의 파란 밀밭과, 그 밀밭 사이로 뻗어 있는 누런 황토색 길은, 나에게 공간의 개념조차 흐리게 만들었다. 지대가 높다 보니 날씨 변덕이 심한 편이라고 들었는데, 다행히도 내가 걸을 때는 대체로 포근한 봄의 기운이 넘쳐났다. 여름에는 뜨거운 햇살에 자칫 일사병에 걸릴 수도 있다고 들었다. 이런 이유로 많은 '관광객 순례자'들은 이 길을 건너뛰고 레온까지 버스로 이동한다고 했다.

아내는 독일에 사는 친구 K가 부르고스에서 합류하도록 한 것을 후회했다. 첫 구간인 나바라나, 마지막 구간인 갈리시아를 같이 걸었어야 했다고 했다. 하필 제일 지루하고 단조로운 메세타를 함께 걷게 되어 미안함을 느꼈다고 했다. 하지만 K는 직장 휴가에 맞춰 와야 했기 때문에, 달리 선택지는 없었다. 힘들고 재미없는 길이지만, 친구와 함께 걷는 데 의미가 있다고, 아내는 생각하기로 했다.

생장에서 출발한 지 어느덧 14일째. 지금까지는 설렘 반, 도전감 반으로 버텨 왔다. 하지만, 많은 사람들이 기피한다는 이 고원을 하루이틀 걷다 보니, 나에게도 문득 회의감이 스며들었다.

"내가 왜 이 짓을 하고 있지?" 어느새 '진짜 순례자'의 초심이 흔들리고 있었다.

▲ 메세타 고원 초반부의 혼타나스 지역. 순례자들이 타박타박 걸어가고 있다.

메세타 고원을 걸어서 통과하는 데는 보통 일주일 남짓 걸린다. 여기만 잘 버텨내면 카미노의 절반은 넘어선 셈이다. 비얄카사르 데 시르가

(Villalcázar de Sirga)에서 칼자딜라 데 라 쿠에자(Calzadilla de la Cueza)까지. 이 구간은 유난히 쉴 곳이 없었다. 지대가 높다 보니, 구름은 손에 잡힐 듯 낮게 떠 있었고, 나는 거인이 된 것 같은 착각에 빠지기도 했다. 길은 일직선으로 뻗어 있기도 하고, 거대한 환형동물처럼 구불구불하기도 했다. 평평한 지대가 많아 길이 멀리까지 보였다. 앞서가는 순례자의 모습이 점이 되었다가 사라지기를 반복했다.

▲ 메세타 고원의 순례자들.

길은 길을 낳고, 그 길은 또 다른 길을 부르는 법.

저 언덕에서 길이 끝나는가 싶어 서둘러 가 보면, 다시 작은 언덕과 길이 기다리고 있었다. 하늘과 언덕은 저 멀리서 만났고, 그 만남의 자리로 가 보면 길은 또 다른 만남의 자리로 길게 뻗어 있었다. 나무로 만든 조그만

다리를 건너고, 오르막길도, 내리막길도 걸었다. 끝없이 펼쳐지는 초원, 하늘, 바람과 함께 걷다 보면 사람의 생각도 깊어 가기 마련이다. 그래서 메세타는 명상과 자기 성찰의 시간을 제공하는 곳이라고 한 모양이다.

카미노를 따라 수로가 함께 흘렀다. 수로는 물의 길이고, 그 물은 농부와 농작물에게는 생명수다. 하늘을 나는 비행기에도 길이 있고, 바람에게도 길이 있듯이, 내 앞에 펼쳐져 있는 이 카미노는, 생명수가 흐르는 나의 길이다. 고원이라 그런지 해 질 무렵의 석양은 더 붉게 보였다. 비스듬히 내려오는 황혼의 빛은, 눈을 더 피곤하게 했다. 저 멀리 지평선이 햇빛을 거두어들이고, 슬슬 어둠이 내려앉기 시작하면 대부분의 사람들은 외로움 속으로 소환된다. 내 인생의 황혼도 저렇게 점점 다가오고 있는 게 아닌가라는 생각이 가슴을 짓눌렀다. 메세타는 순례자들에게 이런 시간들을 제공하고 있었다.

나는 진짜 순례자인가, 가짜 순례자인가

(이 글에서 '진짜 순례자'와 '가짜 순례자'를 구별하는 기준을 두 가지로 정했다. 하나는 생장에서 출발해서 산티아고까지 완주하느냐 않느냐, 또 다른 하나는 알베르게에서 자느냐 호텔에서 자느냐였다. 이 기준은 이 글을 쓰기 위한 수단으로 사용한 것이고, 지극히 주관적이고 인위적임을 인

정한다. 시간적, 경제적 이유로 일부 구간을 쪼개서 매년 오는 '진짜 순례자'들도 많다. 이들을 폄하하려는 의도는 전혀 없음을 밝힌다.)

프랑스 길에는 관광 목적으로 오는 '가짜 순례자'들이 많이 보였다. 심지어 순례자 인증서(콤포스텔라, Compostela)만을 받기 위해, 사리아(Sarria)에서부터 시작하는 순례자들도 제법 있었다. 사리아에서 산티아고 데 콤포스텔라까지는 약 114킬로미터. 순례자 인증서를 받기 위한 최소한의 거리인 100킬로미터를 충족시켜 줄 수 있는 지점이기 때문이다. 나 자신이 '진짜 순례자'라고 생각했던 그때는, 이런 사람들을 보면 뻔뻔한 '가짜 순례자'라고 속으로 야유를 했다. 타인에게 보여주기 위한 순례자 인증서가, 과연 일주일 정도의 시간과 얼마간의 돈을 투자할 만한 가치가 있는지 의심스러웠다.

순례자 여권(크레덴시알)에 도장을 받기 위해 카미노를 걷는 듯한 사람들도 많이 보았다. 그들은 알베르게에 도착하자마자, 비닐봉지에 잘 포장된 크레덴시알 용지부터 꺼냈다.(내 순례자 여권은 종잇조각 그대로 배낭에 넣고 다녀서, 산티아고에 도착했을 때는 너덜너덜해졌다.)

도장을 받기 위해 카페에 들러, 안 마셔도 되는 커피를 마시면서 돈을 낭비하는 사람들도 있었다. 어떤 카페나 식당은 아예 입구에 도장을 비치해 놓았다고 써 붙여 놓고 순례자들을 유인하고 있었다. 그들이 갖고 있는 도장은 순례자 협회에서 받은 건지, 아니면 자기들이 그냥 만든 건지는 알 수 없었다. 심지어는 길가에 책상을 펴놓고 도장을 찍어 주는 사람도 있었다. 그리고 도네이션 명목으로 '도장값'을 받았다.

나는 가끔 알베르게에서 도장 받는 것을 깜빡 잊고 그냥 지나치는 때도 많았다. 좀 더 솔직하게 말하면 도장 받는 게 귀찮았다. 피곤한 몸으로 알베르게에 도착하면 빨리 체크인하고 샤워하고 쉬고 싶었다. 어떤 사람들은 앞뒤로 빽빽하게 도장 받은 걸 펼쳐 보이며 자랑하기도 했다. 이 도장 받는 일에 무슨 의미가 있을까. 산티아고 도착했을 때 나의 순례자 여권에는 겨우 앞장만 채워져 있었다. 내가 받은 순례자 인증서는 지금 집구석 어디인가 틀어박혀 있을 것이다.

우리가 카미노를 하기로 결심한 이유 중의 하나는 삶의 미니멀화를 실천해 보는 것이었다.

'진짜 순례자'는 돈을 아껴 쓰고, 잠도 될 수 있으면 공립 알베르게에서 자야 한다고 여겼다. 중세 시대 수도자들이 했던 것처럼 일종의 청빈 서원 같은 것이다. 버스를 타고 다니거나, 값비싼 호텔에서 호의호식하는 '가짜 순례자들'을 보면 은근히 조롱하는 마음이 일었다. '저럴 거면 뭐 하러 여길 오나, 이 세상에는 멋진 관광지가 얼마나 많은데….'

우리는 스페인 정부나 카미노 상인들에는 별로 달갑지 않은 존재들이었다. '소비가 미덕'이라는 애덤 스미스의 경제 원리는 '진짜 순례자들'에게는 맞지 않는 이론이다. 하지만 우리도 나중에는 발이 아프고 몸이 지치면서,

벙크 베드가 아닌 호스텔을 찾아가기도 했다. 어떤 때는 공립 알베르게가 만실이라서, 하는 수 없이 호스텔을 예약한 경우도 있었다. 하지만 마지막 날 산티아고에 입성하는 날은 엄청난 코골이 소리를 들으며 벙크 베드에서 잤다. 성 야고보가 잠들어 있는 곳이었기에, 무늬라도 '진짜 순례자'가 되고 싶었기 때문이었다.

"어디서부터 출발했나요?"

순례자들 사이에서 가장 자주 오가는 질문 중의 하나였다. 이 질문 속에는 본인은 생장에서부터 출발한 '진짜 순례자'라는 자부심이 은근히 깔려 있었다. 피레네산맥을 넘어왔다고 하면 우선 동지 의식이 발동했다. 이어서 어디까지 가냐고 묻게 된다. 산티아고까지 간다고 하면 전우 의식이 생겼다. 그때부터는 같은 알베르게에 투숙하기도 했고 가끔 밥도 같이 먹기도 했다.

옷차림을 보면 분명 며칠 되지 않은 것 같은데 이번 순례가 다섯 번째, 여섯 번째라며 으스대듯 말하는 사람도 있었다. 어디서 출발했냐고 물어보면, 이틀 전에 부르고스에서 출발했다며, 매년 일주일씩 나눠서 온다고 했다. 그 소리를 들으면 "그러면 그렇지." 하면서 은근히 멸시하는 마음이 들기도 했다.

나중에 생각해 보니, 생장에서 출발한 게 무슨 계급장이라도 단 것처럼 여겼던 내가 너무 우스꽝스러웠다.

800킬로미터를 한 번에 걸을 시간이 없거나, 체력이 받쳐 주지 않으면 당연히 카미노를 나눠서 할 수 있다. 어떤 방식, 어떤 목적으로 걷든 각자의 사정에 달려 있다.

카미노는 자발적인 여정이다. 누가 강요한다고 해서 하는 것도 아니고, 산티아고가 아름다운 도시라서 관광을 가는 것도 아니다. 이 길은 나만의 흔적이고, 나와의 약속이면서, 나 자신에게 스스로 부여하는 채찍이다.

항상 혼자 걷던 중장년의 한국인 남자가 생각이 났다. 중간중간 마주치곤 했는데, 어느 순간부터 보이지 않았다. 중도에 되돌아갔는지도 모른다. 쉴 때도 늘 혼자 벤치에 앉아 있었고, 마주쳐도 인사를 거의 하지 않았다. 세상의 고민을 혼자 다 짊어진 듯한 표정이었다. 얼굴에는 심각함, 피로감, 초조감, 억제된 슬픔 같은 것들이 서려 있었다. 늘 검은 옷을 입고 검은 색 모자를 쓰고 있었다. 말수가 적어, 저승사자 같은 느낌을 받았다. 배낭은 늘 동키 서비스로 보냈고, 물 한 통만 허리에 차고 양손에는 등산용 스틱을 들고 다녔다. 마치 크로스컨트리 스키 선수 같았다.

그의 카미노는 어떤 카미노였는지 알 수는 없었으나, 나름대로 그 이유가 있었으리라.

▲ 부엔 카미노! 순례자들은 낯선 사람을 만나도 서로 반갑게 인사를 나눈다. 어디서 출발했으며, 목표지는 어디냐는 대화를 나누게 마련이다.

제3쿼터

순례자들의 걷는 모습은 각자의 성격과 상황에 따라 다르다. 어떤 이는 군기가 바짝 든 군인처럼, 전투하듯 땅만 보고 빠른 걸음으로 걸었다. 어떤 이는 소풍을 나온 듯, 시간과는 관계없는 삶을 사는 사람처럼, 피곤한 걸음으로 흐느적거리며 걷는 이도 있었다. 연금술사가 돌멩이에서 금을 추출하기 위해서는, 오랜 시간과 끈기, 그리고 무엇보다 인내가 필요하다고 했다. 카미노는 어쩌면 영혼을 빚어내는 시간의 연금술일지도 모른다. 걷는 날들이 쌓여 갈수록, 삶의 본질에 대한 무거운 질문들은 어느새 자취를 감추고 말았다. 그 자리를 대신하는 것은 오늘 어디에서 쉴지, 무엇을 먹을지, 배낭을 조금이라도 가볍게 하려면 어떻게 해야 할지 같은 작고 소박한 고민들이었다. 이러한 단순한 일상의 반복 속에서, 나는 자연스레 인간 본래의 욕망에서 벗어나, 어느새 마음 한편에 고요한 평온을 느끼고 있었다. 이쯤 되면 나도 '진짜 순례자'의 범주에 들어온 걸까.

유혹과의 전쟁 - '가짜'들의 공범이 되다

에스테야(Estella)에서 출발해서 3킬로미터쯤 가면, 이라체 수도원(Monasterio de Irache)과 이라체 와인 공장이 나온다. 마을을 지나다 보면, 돌로 만든 건물 벽에 근사한 양조장 문양과 함께 두 개의 수도꼭지가 있다. 한쪽에서는 레드 와인, 다른 한쪽에서는 일반 물이 나온다. 수도원 부속 와이너리 보데가스 이라체(Bodegas Irache)가 순례자들을 위해 1991

년부터 서비스를 시작했다고 하니, 꽤 오래된 전통이다.

▲ 이라체 수도원 부속 와이너리에서 순례자들에게 제공하는 무료 와인 수도꼭지(왼쪽). 오른쪽은 일반 물이 나온다.

"술을 공짜로 주다니." 그것도 수도꼭지만 틀면 와인이 꽐꽐 나온다고 하니, 술을 좋아하는 내가 꿈꾸던 판타지 세계가 카미노에 있다는 생각이 들었다. 예수님이 물로 포도주를 만드신 기적이 이곳에서도 일어나나 싶었다. 이게 웬 떡인가 싶어 들고 다니던 페트병에 있는 물을 죄다 버렸다. 대신 포도주로 채울 심산이었다. 아내 눈치를 살짝 보니 "노."였다. 한 컵 반 분량만 마시고, 빈 병에는 아쉽지만 다시 물로 채웠다. 해장으로 마시는 와인 맛은 마셔 본 사람만이 안다. 혈관속으로 붉은 와인이 천천히 퍼지면서 몸과 마음이 안개속을 두둥실 떠다닌다.

나중에 들으니 요즘엔 순례자가 많아, 오후쯤 되면 수도꼭지에서 와인이 끊긴다고 했다. 무한정 제공할 수는 없기 때문에, 하루 공급량을 100리터 정도로 제한한다고 했다. 병을 물로 채우길 잘했다는 생각이 들었다. 오후에 지나는 순례자들도 공짜 와인 맛은 봐야 하니까.

포도주는 예부터 순례자들에게는 필수품이었다. 순례자 숙소에서는 순례자가 오면, 포도주를 제일 먼저 제공하였다고 한다. 옛날 먹을 것이 변변치 않았던 순례자들에게는, 포도주는 원기를 회복시켜 주는 중요한 음료였을 것이다.

카미노에서는 포도주 인심이 넉넉했다. 식당이나 알베르게에서 판매하는 순례자 메뉴에는, 포도주 무한 리필을 해주는 곳이 많았다. 포도가 많이 생산되는 지역인 탓도 있겠지만, 이런 유서 깊은 전통이 있기 때문일 것이라고 생각되었다. 나는 이런 전통을 무시하고 싶지 않아서 대부분 리필을 해서 더 마셨다. 잠을 잘 자기 위해서라고 설득을 하면, 아내는 설득을 당해 주는 척하기도 했다. 왜냐하면 여기는 모든 게 너그러워지는 카미노니까.

이 산티아고 순례길을 걸으면서 나를 가장 유혹했던 것은, 시원한 맥주 와 붉은색 와인이었다. 마을에 도착하면 제일 먼저 순례자를 맞아 주는 건 카페다. 어느 마을에 가나 성당이 반드시 있는 것과 같다. 하루 종일 걷고 난 후의 몸은, 맥주나 와인에게는 스펀지나 마찬가지다. 평소에는 술 한 모 금 입에 대지도 않던 아내도 숙박지에 도착하면, 기다렸다는 듯이 시원하 게 한잔 마시곤 했다. 와인과 맥주는 지친 몸과 마음을 부드럽게 해줬다. 사실, 한 잔의 와인과 맥주는 유혹이라기보다, 카미노의 또 다른 동지였다.

신문사에서 일하던 시절의 석양주 생각이 났다. 그때는 거의 알코올 중 독 상태였다. 저녁때 해가 뉘엿뉘엿 서쪽 하늘로 떨어져 가면, 입안에 침이 살살 고이기 시작했다. 일종의 조건 반사였다. 가정과 아이들 교육 문제는 온전히 아내 몫이었다. 그림 그리기에도 바빴을 텐데, 지금 생각해 보면 참 미안하다는 생각이 든다. 가장의 자격도, 남편의 자격도, 아빠의 자격도 상 실한 자였다.

술이란 약이면서 독이다. 술을 마시면 먼 것들을 가깝게 당겨 주고, 가까 운 것을 멀리 밀어내며 어지러운 마음을 풀어내 주기도 한다. 하지만 그때 지나치게 많이 마셨던 동료, 후배 중에는 이미 고인이 된 사람들도 몇 명 있다. 나는 이렇게 살아 있는 것만으로도 감사해야 한다.

버스의 유혹에 넘어갔던 곳은 팜플로나였다. 우리가 묵었던 알베르게는 성당을 개조하여 만든 대형 숙소였다. 전체 구조는 마치 큰 체육관 같이 생겼는데, 양쪽으로 침대를 오밀조밀하게 배치했다. 옆 사람의 숨소리가 들릴 정도로, 침대와 침대 사이가 너무 좁았다. 우리가 받은 자리는 좀 특별했다. 아래가 훤히 내려다보이는 높은 위치에 넓은 장소가 있었는데, 옛날에 십자가와 예수님상이 있었던 자리 같았다. 이곳에는 이층 침대가 딱 두 개만 놓여 있었다. 시야가 뻥 뚫려 있어서 시원한 느낌을 줬다. 사람들이 우리 침대 앞으로 난 빈 곳을 통로처럼 지나가게 돼 있어서 불편한 점도 있었지만 크게 문제될 건 없었다. 이런 특별한 자리를 배정해 준 창구 직원이 감사하다는 생각이 들었다. 마침 우리 옆 침대에는 한국인 부부가 배정되었다. 자세히 보니, 피레네산맥을 넘을 때 아내분이 폴짝폴짝 뛰며 사진을 찍던 부부였다. 익숙한 얼굴이라 서로 반갑게 인사를 했다.

다음 날 새벽, 이날은 용서의 언덕을 넘어야 해서 일찍 서둘렀다. 옆 침대 부부도 같은 시간에 우리와 함께 숙소를 나섰다. 새벽이라 어두운데다 노란 화살표도 잘 안 보여서 우리는 그들을 따라갔다. 우리보다 젊었고, 이 길이 처음이 아니라고 해서 의지하는 마음도 있었다. 큰 도시에서 숙박을 하고 새벽에 길로 나서면, 늘 이정표 찾기가 쉽지 않았다. 알베르게가 도시 여기저기에 흩어져 있는 것도 그 원인 중 하나였다.

제2장 생명수의 강을 건너다

119

아무 생각 없이 젊은 부부를 따라가던 중, 그들이 우리에게 자기들은 버스를 타고 가려고 하는데 같이 타지 않겠냐고 물었다. 팜플로나 도심을 빠져나오는 길이 너무 지루하고 매연도 많다는 이유였다. 버스 타고 서너 정류장만 가면, 용서의 언덕으로 올라가는 밀밭 길이 시작되는 지점이 나온다고 했다. 우리가 별다른 반응을 보이지 않자, 부부는 멈추지 않고 계속 말을 이어갔다. "시내버스는 도시 내에서의 주요 이동 수단입니다. 버스를 탄다고 해서, 우리가 팜플로나를 벗어나는 것이 아니기 때문에, 카미노의 취지가 크게 훼손되는 것이 아니고 반칙도 아니에요." 순간, 그 말이 그럴듯하게 들렸다. 마음이 흔들렸다. 그리고 홀딱 넘어가고 말았다.

모르가데(Morgade)까지 발이 고장 나 택시를 탔을 때는 어쩔 수 없는 상황이었다 치더라도, 버스를 탄 건 핑계를 댈 만한 이유가 없었다. 카미노를 출발한 지 겨우 3일째였으니 몸과 마음이 아직은 싱싱했었기 때문이다. '가짜 순례자'의 공범이 되고 만 것이다.

도심의 건물들이 점점 사라질 때쯤 해서 버스에서 내렸다. 정말이었다. 바로 카미노가 연결되면서 용서의 언덕을 향해 밀밭 길이 펼쳐져 있었다. 찜찜한 기분이긴 했지만, 아직 이른 아침이라 상쾌한 공기를 마시며 걷기 시작했다.

그런데… 뒤에서 누군가가 "유 피디님." 하고 불렀다. 돌아보니, 현조가 의아한 듯 우리를 쳐다보며 따라오고 있었다. **(현조는 내가 아내의 유튜브**

영상을 찍고 편집을 해준다고 해서 나를 피디라고 불렀다.) 팜플로나에서 우리보다 1시간 정도 먼저 출발한 그였다. 훨씬 뒤처져 있어야 할 두 노인네가 자기보다 앞서가고 있으니 어리둥절할 수밖에.

딱 걸린 것이다.

할 수 없이 팜플로나 시내 몇 정거장을 버스를 타고 왔다고 자백했다. 현조한테 앞으로 다시는 버스를 타지 않겠다고, 하지 않아도 되는 맹세를 했다. 도둑이 제 발 저린다는 것이 이런 걸까. 1시간 이상을 벌기는 했지만, 아내와 나는 나중에 얼마나 후회했는지 모른다. 배낭을 동키 서비스에 맡기는 것을 조롱했던 우리가, 이런 얕은 유혹에 넘어가다니.

"야고보 님이여, 유혹에 약한 저희를 용서하여 주시옵소서!"

이 두 부부는 이후에도 몇 번 같은 길을 걸었는데, 공범이라는 죄책감 때문에 가능하면 마주치지 않으려고 천천히 뒤따라가거나, 앞서 빨리 가기도 했다. 범죄 심리학에서는 범죄자끼리는 가능하면 서로 멀리한다고 했다.

링고데(Lingode)에서 멜리데(Melide)까지 가는 날이었다. 이제 산티아고까지는 이틀밖에 안 남았다. 중간 지점인 팔라스 데 레이(Palas De Rei) 라는 마을에서, 미국 애틀랜타에서 온 부부를 다시 만났다. 며칠 전 내가 발이 아파 택시를 타고 갔던 날, 알베르게 카페에서 파스를 주고 가신 분들이다.

▲ 멜리데로 가는 길에 있는 다리. 펜 스케치.

반가웠다. 그런데 두 분이 긴 줄의 맨 앞쪽에 서 있었다. 무슨 줄이냐고 물었더니, 버스를 기다리는 줄이라고 했다. 여자분이 무릎이 안 좋아져서 멜리데까지 버스를 타고 가기로 했다고 했다. 그동안 잘 걸은 걸로 봐선, 약간의 엄살도 섞여 있는 것 같았다. 여자분이 나에게 발 상태는 어떠냐고 물어봤다. 지난번에 주신 파스를 붙였더니 많이 좋아져서 이렇게 걷고 있다고 했더니, 주섬주섬 가방을 뒤졌다. 파스가 한 장 더 있다면서….(그러던 와중에, 젊은 한국인 부부가 다가와서 이게 무슨 줄이냐고 궁금하다는 듯이 물었다. 우리가 한국 사람들이라 그들도 내심 반가웠던 것 같았다. 멜리데로 가는 버스를 타려고 한다고 하니까, 갑자기 눈이 번쩍이더니 맨 뒤로 가서 줄을 섰다. 여자는 화장을 곱게 하고 있었다. 오늘이 순례길 이틀째라고 했다. 아마도 순례가 아닌 관광을 온 게 아닌가 싶었다.) 남자분이 나에게 "발도 아픈데 어지간하면 버스 타고 멜리데까지 함께 가시죠."라고 했다. 거기 도착하면, 그 유명한 문어 요리 뽈뽀에 와인이나 함께하자고 했다. 순간 솔깃해졌다. 그분 말대로 나는 발이 아픈 부상자인데, 버스를 한번 정도는 더 타도 괜찮지 않을까 하는 마음이 스쳐 갔다. 멜리데까지는 15킬로미터 정도 남아 있었다.

이미 나는, 지난번 에너지 넘치는 부부의 꾐에 넘어가 팜플로나에서 버스를 한 번 탔고, 발 부상 핑계로 택시도 한 번 탔던 전과 2범이었다. 이미 규칙을 두 번이나 위반했기 때문에, 이제 더 이상은 안된다고 다짐했던 터였다. 아내의 서늘한 눈빛이 느껴졌다. 그리고 서둘러 마음을 다잡았다. 그 남자분께 "다음에 기회가 되면 또 봬요."라며 인사를 건네고, 목적지인 멜리데를 향해 절룩거리며 발길을 돌렸다.

지금도 아내가 가끔 얘기한다. 그들의 유혹에 넘어가려던 내 표정과 모습이 너무 재미있었다고.

카미노를 하는 사람들의 가장 큰 장애물은 배낭이다. 장애물이라고 하기보다는 필요악이라고나 할까? 배낭이 무거울수록 고통도 커진다. "No

Pain, No Glory."라는 문구가 카미노 곳곳에 붙어 있지만, 어깨가 당장 빠져나갈 것 같은 고통 앞에선, 그저 허공에서 맴도는 메아리에 불과하다.

▲ 카미노 곳곳에는 짐을 줄이라는 경고성 포스터들이 눈에 자주 뜨인다.

때때로 우리도 동키 서비스를 이용해 볼까 싶기도 했다. 배낭 없이 걸으면 평소 걷는 거리의 두 배는 더 걸을 수 있다는 유혹에 마음이 흔들리기도 했다. 하지만 "No Pain, No Glory."는 우리를 위한 격문이라고 받아들이며 마음을 다졌다. 우리의 배낭을 우리가 메고 가는 건, 우리에게는 최소한의 순례 원칙이었다. 이 원칙을 지키기 위해 짐을 그렇게 버리고 버렸지 않았던가. 인영균 신부가 봉사했던 라바날 수도원에서는, 본인 배낭을 본인이 메고 오지 않으면 아예 순례자로 받아 주지도 않았다고 들었다.

　내 나이 또래의 한국인 부부를 숙소에서 만난 적이 있었다. 이민 가방 한 개와, 제법 큰 배낭을 각자 메고 다니고 있었다. 이민 가방은 항상 동키 서비스로 보낸다고 했다. 그 큰 가방 안에 도대체 뭐가 들어 있냐고 물어봤더니, 처음에는 대답을 하지 않다가, 나중에 여자분이 커피포트까지 들어 있다고 귀띔해 줬다. 남편분이 카페에서 파는 커피는 잘 마시지 않는다고 했다. 심지어는 헤어드라이어 소리가 우리가 있는 옆방까지 들리기도 했다.
　동키 서비스를 이용해서 짐을 정해 둔 목적지로 보내고 나면, 당일 내에 반드시 그곳까지 가야 해서 자유롭지 못한 여행이 된다. 자유로운 영혼이 되고 싶어서 나선 길인데, 스스로를 그런 틀에 가둘 수는 없었다. 우리는 애초부터 동키 서비스의 유혹에는 절대 빠질 생각이 없었기에 끝까지 잘 버텨냈다.

　사람은 살면서 늘 갖가지 유혹에 노출되어 있다. 이 세상에는 유혹과의 싸움에 져서 삶이 무너진 이들이 적지 않다. 성경에도 그런 예가 나온다.

아담과 하와는 사탄의 꾐을 이기지 못하고 선악과를 따 먹고 말았고, 삼손과 다윗도 여인의 치명적인 아름다움에 빠져 결국 하나님 앞에 죄를 짓고 말았다.

카미노에서의 유혹은 와인, 맥주, 동키, 버스뿐만 아니다. 내 머릿속에는 소소한 유혹의 생각들이 끊임없이 이어졌다. "내가 왜 이런 고생을 해야 하지? 그것도 돈을 들여서까지.", "36일은 너무 길어." 등등. 하지만, 카미노는 이런 유혹들을 이겨낼 만큼 충분히 매력적이었고 끌림이 있었다.

어느 책에서 읽은 내용이 문득 생각났다. 낚시꾼이 큰 물고기를 잡아서 어탁을 만들어 액자에 걸어 놨다. 그리고 그 액자 밑에 다음과 같은 글을 써 놓았다. "그때 내가 미끼만 물지 않았더라면, 나는 지금 바다에서 자유롭게 수영하고 있으리라." 순간의 유혹에 넘어가 어탁이 되어 버린 물고기가 되지 않으리라 다짐하며, 나는 산티아고를 향해 한 발짝 한 발짝 발을 내딛었다.

오, 주여! 완주하게 하여 주소서

카미노 산티아고 도보 순례를 결정하고 나서, 체력 강화를 위해 나름 철저히 준비했다고 생각했다. 거의 매일 12킬로미터씩 걸으며 연습했고, 앞서 언급했듯이 극기 훈련차 그랜드 캐니언 바닥까지 찍고 온 터였다.

한 가지 내심 염려되었던 점은, 평소 지병이었던 천식이 중간에 문제가 생기면 어쩌나 하는 것이었다. 하지만 이는 기우였다. 천식은 순례길을 걷는 동안 전혀 문제가 없었다. 피레네산맥을 넘을 때는 숨도 차지 않았고 콧노래를 부르며 걸었다.

제일 먼저 문제가 생긴 건 의외로 허리였다. 내 허리는 평소 비교적 튼튼한 편이었다. 팬데믹 동안 집 뒷마당 잔디를 걷어내고, 그 자리에 무거운 벽돌을 직접 깔 수 있을 정도였다. 중노동이었지만, 허리만큼은 멀쩡했었다.

허리에 문제가 생긴 직접적인 원인은, 알베르게의 좁은 샤워장이었다. 몸집이 큰 사람들은 도대체 어떻게 샤워를 하는지 납득이 가지 않을 정도였다. 모든 순례자들이 날씬한 체구도 아닐 텐데 말이다. 아마도 좁은 공간에 부스를 한 칸이라도 더 만들어 넣으려다 보니 이렇게 되었을 것이다.

샤워장이 남녀 공용이다 보니, 밖에서 옷을 갈아입을 수도 없었다. 그 좁은 공간 안에서 옷을 벗고, 몸을 씻고, 수건으로 몸을 닦고, 새 옷으로 갈아입어야 했다. 샤워를 하고 나면 몸이 젖은 상태라, 물기 때문에 옷이 다리에 걸리고 등에 걸려 잘 안 입어졌다. 그럴 때마다 괜히 짜증이 머리끝까지 치밀어 오르기도 했다.

레온에서였다. 샤워를 마치고 옷을 갈아입고 있는데, 왼쪽 허리가 갑자기 전기에 감전된 듯 찌릿하더니, 바닥에 퍽하고 주저앉고 말았다.**(이런 식으로 허리를 다쳐 본 사람은 상황을 이해할 것이다.)** 치밀어 오른 짜증이 허리로 옮겨 간 모양이었다. 꼼짝을 할 수가 없었다. 숨을 쉬면 상체가 움직여졌고, 상체가 움직여지면 날카로운 생선회 칼이 왼쪽 허리를 후벼 파고 쑤셔 대는 듯했다. 고통 때문에 숨을 최소한으로만 쉬어야 했고, 로댕의 '생각하는 사람' 자세로 한참을 얼어붙어 있었다. 허리가 아파 죽는 게 아니라 숨을 못 쉬어 죽을 판이었다. 겨우 몸을 추스르고 밖으로 나와, 내 침대까지 기어가서 가까스로 누웠다. 다시 한번 내 입에서 '악!' 하고 비명 소리가 나왔다. 스펀지로 만든 낡아 빠진 침대 매트리스가 내 허리뼈를 뒤로 확 젖혀 놓았던 것. 아내가 놀라서 다가와 어쩐 일이냐고 물었다. 내 입에선 "허리, 허리."라는 외마디 소리만 새어 나왔다. 아내의 도움으로 겨우 시멘트로 된 알베르게 바닥에 담요를 깔고 누웠다. 시간이 지나면서 허리가 펴지고 점차 안정을 되찾았다.

불안했다. "산티아고까지 완주하지 못하고, 중간에 포기해야만 하는 상황이 되면 어떡하지?" 허리는 한 번 다치면 쉽게 낫지 않고, 반복해서 다치게 된다. 허리에 무리가 가지 않게 좀 쉬어야 하는데, 그렇다고 카미노를 중도에 포기할 수는 없지 않은가.

이후에도 허리에 통증이 올 조짐이 보이면, 알베르게 바닥에 침낭을 깔고 잤다. 알베르게 바닥에 누워 있으면, 지나가는 사람들의 발이 내 얼굴 위로 획획 지나가며 바람 소리를 냈다. 코에 다가오는 냄새는 그 사람들 발에서 나는 건지, 화장실에서 나는 건지 구별하기가 어려웠다.

때로는 알베르게 복도에 있는 나무 의자에서 자기도 했다. 나무 의자는 딱딱하기는 했지만 내 허리를 평평하게 펴주었다. 오히려 평화롭기까지 했다. 코 고는 소리와 혼탁한 공기로부터 해방될 수 있었기 때문이었다. 텐트를 치고 야영을 하는 프랑스인 방랑자 알렉스가 생각났다. 알베르게 바닥이나 복도의 나무 의자에서 자다 보면, 진정한 순례자가 된 듯한 느낌이 났다. 카미노의 의미와 나의 삶을 되돌아보는 조용한 시간이 되기도 했다. 하지만 잠을 푹 자지는 못했다.

그다음에는 종아리에 문제가 생겼다. 카미노 중반 이후부터는, 하루를 걷고 나면 종아리가 퉁퉁 부어올랐다. 처음에는 많이 걸어서 근육이 생긴 줄 알고 좋아했는데, 옆에서 늘 보던 아내는 아무래도 부은 것 같다고 말했다. 동행하던 뉴욕 간호사 J도 내 종아리를 손가락으로 눌러 보더니, 정상적으로 보이지는 않는다고 했다. 양말을 벗으면 발목에 자국이 남아 있는 걸 보니 부은 게 맞는 것 같았다. 부르고스에 도착했을 때, 간호사 J가 본인도 피곤했을 텐데 정성스럽게 마사지를 해주었다. 간호사라 그런지 손이 매서웠다. 이튿날 이른 새벽, J는 휴가 기간이 빠듯하다며 먼저 떠났다.

이후엔 알베르게에 도착하면, 잠들기 전에 나도 주무르고 아내도 주물렀다. 그러면 아침에는 좀 붓기가 사라졌다가, 저녁이 되면 다시 부어올랐다. 부르고스에서 합류한 아내 친구 K는, 부어오른 내 종아리를 보고는 걱정

반, 농담 반으로 "독이 꽉 찬 복어 배 같다."며 혀를 차기도 했다.

카미노에서 발 건강은 모든 순례자에게 가장 중요한 요소 중의 하나다.
발이 무너지면 모든 게 무너진다. 카미노는 평평한 길만으로 이루어져 있
지 않다. 돌길, 자갈길, 가파른 오르막과 미끄러운 내리막 등, 곳곳에는 사
람의 발이 얼마나 버틸 수 있는지를 시험하는 구간들이 도사리고 있다.

첫 번째 고비는 피레네산맥 정상에서 론세스바예스로 내려가는 돌밭 길
이었다. 발목을 다치지 않으려면 한 걸음 한 걸음에 집중해야 했다. 두 번
째는 용서의 언덕을 지나 우테르가(Uterga)까지 3.7킬로미터의 내리막. 굵
은 자갈밭이 끝도 없이 이어져, 발바닥과 무릎이 동시에 고통을 당했다. 세
번째는 철의 십자가부터 만하린(Manjarín)까지 2.9킬로미터의 돌과 자갈
이 섞인 내리막길. 그리고 그 길을 마친 뒤에도 엘 아세보(El Acebo)라는
마을까지는 6.8킬로미터가 더 남아 있었다.

이 구간들을 지나가면서, 나의 왼쪽 엄지발가락은 서서히 손상을 입어
가고 있었다.

사모스에서 모르가데(Morgade) 구간. 계획대로 간다면 이제 4~5일이면
산티아고에 도착할 예정이었다. 이날은 27.3킬로미터를 걸어야 하는, 좀
긴 여정인 데다가 알베르게를 전화로 예약을 해 놓은 터라 숙소를 장담할

수가 없었다. 전화로 예약하고 안심하고 갔다가, 조금 늦게 도착했다고 오리발 내미는 사설 알베르게 주인을 경험한 적이 있었기 때문이다. 그래서 새벽에 일찍 출발하려고 전날 밤 배낭을 미리 꾸려 놓았었다.

▲ 매일 20킬로미터 이상씩 걷다 보면 발과 종아리에 문제가 생기게 마련이다. 퉁퉁 부은 필자의 발목에 양말 자국이 선명하게 보인다.

그런데 문제가 발생했다. 새벽에 나오려고 하는데, 왼쪽 엄지발가락 아래쪽 부분에 돌멩이가 붙어 있는 듯 무거운 느낌이 들었다. 잠시 후 통증이 폭주하는 증기 기관차처럼 갑자기 몰려왔다. 가만히 있어도 아팠고, 발을 땅에 대면 자지러질 정도로 아팠다. 심각했다. 아마도 뼈에 문제가 생긴 것 같았다. 그동안 쌓이고 쌓였던 발의 피로가 한꺼번에 들이닥친 모양이었다.

아내와 상의 끝에, 아내는 예정대로 다음 숙소까지 걷고 나는 좀 쉬다가 택시를 타고 가기로 했다. 발 부상으로 모든 걸 망치느니, 차라리 잠시 '가짜 순례자'가 되는 쪽을 택한 것이다. '사기꾼'이 되지 않으려면, 산티아고 순례자 오피스에 가서 순례자 증명서를 받을 때, 오늘 걸으려 했던 27킬로미터는 빼 달라고 해야 할 판이었다. 아내는 이미 '카미노의 여전사'가 돼 있었다. 남편이 발에 부상을 입었는데도 본인은 본래의 사명을 다하겠다는 것. 아내를 혼자 걷게 하기에는 좀 불안했지만, 지금까지 잘해 왔으니 무슨 문제가 있을까 싶었다.

정말 인간사는 한 치 앞을 내다볼 수가 없었다. 허리 아픈 것과, 종아리 붓는 증상은 겨우겨우 버티며 왔는데 산티아고 도착을 4~5일 앞두고 갑자기 복병이 생긴 셈이다. 족저 근막염이 아닌가 싶어 구글에 찾아봤다. '종자 골염'이라고 나왔다. 운동을 갑자기 많이 한 경우에 발생하기 쉽다고 했다. 심한 경우 발을 움직일 때마다 자극을 받아 골절이 될 수도 있다고 했다. 근육도 아니고 뼈에 이상이 생겼다면… 정말, 큰일이다 싶었다. 눈앞이 깜깜해졌다. 완주를 못 하면 어쩌지? 이러다 중도에 포기하게 되면 차를 타고 산티아고로 갈 수밖에 없고, 나의 카미노는 엉망이 되고 말 것이다.

아내를 먼저 보낸 후, 텅 빈 숙소에 홀로 남겨졌다. 허탈했다. 알베르게 주인은 어젯밤에 본인 집으로 돌아갔고, 순례객들은 벌써 다음 목적지를 향해 모두 떠나고 없었다. 주인이 오면 택시를 불러달라 부탁하려고 기다리고 있었지만, 도무지 나타나지를 않았다. 오늘 택시를 타고 간다고 해도, 내일부터 다시 끝까지 걸을 수 있을지 장담할 수도 없다. 마음이 서글퍼졌다.

갑자기 왜 이런 일이 일어났을까. 발이 너무 아프다 보니, 허리 아픈 건 어디론가 사라지고 말았다. 한쪽 발로만 깽깽이로 알베르게 밖으로 겨우 나와서 벤치에 앉았다. 잠시 기도를 올렸다.

"주여, 이 카미노를 완주하게 하여 주시옵소서. 산티아고에 가서 주님의 생명수를 얻을 수 있게 하여 주시옵소서." 기도를 마치고 조금 기다리니 알베르게 주인이 왔다. 손짓발짓으로 사정 얘기를 했더니, 이런 일들이 많은지, 별로 대수롭지 않다는 표정으로 택시를 불러 줬다. 알베르게 주인이 전화를 하고 나서 1분도 안 되어 나타났다. 택시 운전사는 다름 아닌 이웃집 아주머니였다. 마음씨가 좋아 보였다. 내가 스페인어를 할 줄 모르고 그 아주머니는 영어를 할 줄 모르니, 가는 동안 차 안에서는 침묵만 흘렀다. 다음 숙소가 모르가데라고 했더니, 다행히 그건 알아들었다.

스페인 현지 사람들은 대부분 영어를 못했다. 나도 스페인어를 전혀 구사하지 못하니 서로 답답했다. 순례자들을 상대로 장사를 하는 사람들이 기본적인 영어도 못한다고 투덜거렸다가, 아내한테 핀잔만 들었다. 아내는 스페인어를 못하는 내가 잘못이지, 영어를 못하는 그 사람들이 잘못이냐고 따져 물었다. 카미노로 오기 전에 기본적인 스페인어는 암기하거나 적어 오려고 했었다. 하지만 구글 번역기를 이용하면 될 것 같아 준비하지 않고 온 게 불찰이었다. 구글 번역기는 생각보다 작동이 잘 되지 않았고 사용하기에도 불편했다.

모르가데에 도착했다. 택시 아주머니가 내 짐을 들어주고 걷지 못하는 나를 부축까지 해줬다. 고마운 마음에 몸짓 발짓을 써서 커피 한잔을 사 주겠다고 했다. 커피를 같이 마시면서도 말 한마디를 못하고 서로 얼굴을 보고 웃기만 했다.

택시로 30분이면 오는 거리를 7시간을 걸어서 오는 의미는 무엇일까를 잠시 생각해 봤다. 차 안에서 본 카미노는 또 다른 얼굴이었다. 창밖으로 스쳐 지나가는 길 위엔 여전히 사람들이 걷고 있었고, 그 옆으로는 들판과 나무와 바람이 함께 움직이고 있었다. 그 순간, 카미노는 반드시 두 발로만 걸어야 하는 걸까? 자동차를 타면 안 될까? 하는 생각이 스쳤다. 발이 아프다는 이유로 순례자의 초심이 또 흔들리는 나의 모습에 고개를 저었다.

이 알베르게는 카페, 기념품 가게까지 함께 운영하는 제법 규모가 큰 편에 속했다. 시골 마을에 이런 카페가 있다는 게 믿기지 않았다. 수많은 순례객들이 들락거렸다. 커피 한잔을 마시고 망연자실 앉아 있는데, 미국에서 왔다는 한국인 부부가 들어왔다. 며칠 전 같은 숙소에서 묵었었다. 그들도 걷다가 잠시 쉬며 커피 한잔 마시러 들른 참이었다. 너무 반가웠다. 내 상황을 듣더니, 아내분이 배낭에서 주섬주섬 뒤져 한국의 유명 브랜드 파스*를 꺼내 건네주었다.(*산티아고에 도착해서 파스로 유명한 제약 회사 회장을 우연히 만났었다. 이 회사 파스가 세계에서 최고로 좋은 파스라고

했더니 너무 좋아했다.) 그러고는 너무 무리를 하지 말라며 환한 인사를 남기고 먼저 떠났다.

나는 파스를 붙이고 쉬면서 그 아픈 자리를 계속 마사지해 주었다. 발 상태가 좀 나아지는 듯했다. 아내는 오후 1시가 약간 넘어서 도착했다. 3~4시는 되어야 도착하리라고 예상했는데, 아마도 날아서 왔나 보았다. 내가 너무 걱정되어 뛰다시피 하며 정신없이 왔을 게 뻔했다.

아내가 오는 길에 사리아에서 스페인 파스를 사 왔다. 스페인 파스는 두께가 얇을 뿐만 아니라, 효능도 약했다. 파스 냄새도 진하지 않고 살갗에 잘 붙지도 않았다. 세 장짜리 한 팩이 14유로였는데, 너무 비싸게 느껴졌다. 지난번 파스를 살 때, 약사에게 왜 이렇게 비싸냐고 물어봤더니, 파스는 메디케이션(치료 약)으로 분류되어 비싸다고 했다. 약사에게 바가지 썼다는 불쾌함을 표현하기 위해 고개를 갸우뚱하는 것 외에는, 달리 항의할 방법이 없었다.

역시 파스는 한국산 파스가 최고였다. 얻은 파스를 바른 뒤, 아내가 종자골을 계속 마사지해 주었다. 두어 시간쯤 지나니 통증이 서서히 가라앉는 듯했다. 할렐루야!

이튿날 아침, 조심스레 걷기를 시도해 보니 다행히 다시 걸을 만했다. 종자골이 바닥에 닿을 때마다 통증은 여전했지만, 어제처럼 절망적이지는 않았다. 작은 발가락뼈 하나의 통증만으로도, 몸 전체를 쓰지 못하는 게 인간이라는 걸 새삼 실감했다. 나는 아내가 쓰던 지팡이를 오른손에 쥐고, 절룩거리며 길을 나섰다.

산티아고 도착할 때까지 종자골은 나아졌다가도 다시 아파 왔다. 걷기 힘든 날도 있었다. 통증이 밀려올 때면 길가에 주저앉아, 새 파스로 갈아 붙였다. 그리고 마사지를 해서 발가락을 달래 주고 다시 길을 나서곤 했다.

허름한 옷에 발을 절룩거리며 지팡이를 든 나의 모습은, 누가 봐도 '진짜 순례자'임에 틀림 없었다.

코골이 경연장 알베르게… 똥 묻은 개가 겨 묻은 개 나무라기

내가 카미노를 할 때(2024년 4~5월)에는 팬데믹 후폭풍으로 인플레이션이 전 세계를 덮치고 있었다. 스페인도 이미 물가가 30% 정도나 올랐다. 알베르게 가격이 공립 12유로, 사설 15유로, 좀 비싼 곳은 20유로까지 했다. 잘하면 수도원에서 운영하는 숙소를 잡는 행운이 있을 수도 있었다. 수도원에서 운영하는 알베르게는, 비교적 시설이 좋은 편이고 주로 도네이션 베이스(donation-based)로 운영했다. 아침에 퇴실할 때 본인이 원하는 만큼의 돈을 놓고 나오면 된다.

순례자들에게 알베르게는 단순히 잠만 자는 공간이 아니다. 함께 요리를 해 먹고, 공동 세탁장에서 옷을 빨며, 욕실 하나를 두고 줄을 서야 하는 곳이다. 때론 부엌에서 레시피를 나누며 친해지기도 한다. 낯선 이들과의 공동생활이 싫든 좋든, 서로 부대껴야 하는 장소다. 국적도, 나이도, 종교도 서로 다르지만, '카미노의 일원'이라는 이유만으로 공동체 의식이 들기도 한다.

알베르게는 중세 시대의 '순례자 호스텔'에서 유래한 공간으로, 오늘날까지 그 전통이 이어져 내려오고 있다. 순례자에게는 하루를 마무리하는 안식처이자, 때로는 피난처가 되어 준다. 하지만 가격이 저렴한 대신, 여러 명이 한방에서 함께 지내야 한다는 불편함은 감수해야 한다. 땀냄새나 발냄새, 부스럭거리는 소리 등은 그나마 참을 만 하다. 하지만 낯선 이의 코고는 소리는 순례자의 인내심을 시험대에 올려놓는다. 때로는 카미노의 초심마저 흔들리게 만든다.

알베르게에 도착하면 우선 국가 여권과, 순례자 여권을 제출해 순례자임을 확인받아야 했다. 일부 고약한 주인장은, 방 입구에 서서 아무 침대나 원하는 곳을 고르라며 대충 손짓을 해 댔다. 화장실은 어디에 있는지, 주방은 써도 되는 건지 등 간단한 설명조차 무성의했다. 그러고는 돈부터 내라는 눈빛으로 부담스럽게 훑어봤다.

일단 방에 들어오면, 내 촉각은 나보다 먼저 들어와 있는 순례자들 중 코를 골게 생긴 사람을 찾아내는 것에 집중됐다. 제일 위험한 인물은 뚱뚱하고 배가 나온 사람들이었다. 경험상 이들은 코를 골 확률이 높았다.

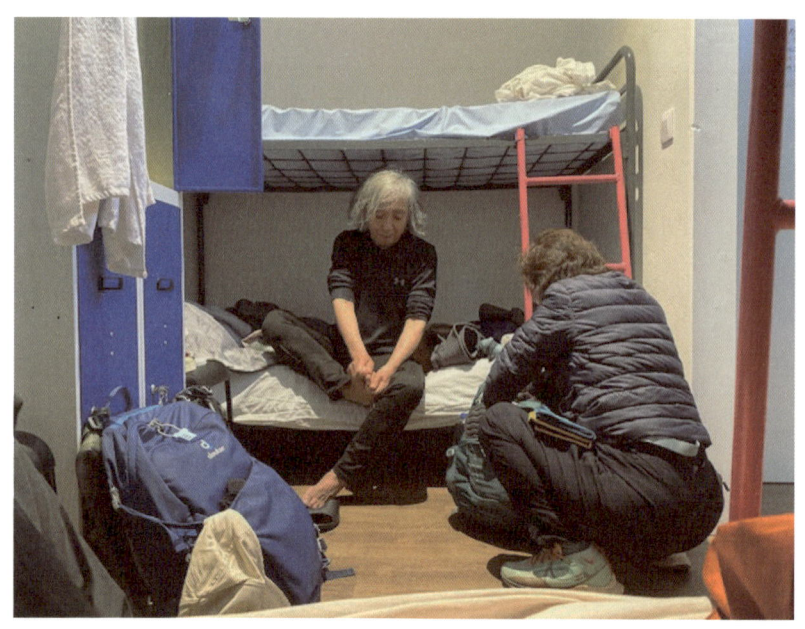

▲ 알베르게 이층 침대. 한방에 수십 명이 같이 잠을 자야 해서 코 고는 소리에서 자유로울 수가 없다.

코골이들의 특징은 일찍 도착해서 조용히 누워 책을 읽거나, 이어폰을 끼고 유튜브를 봤다. 하지만 그들은 불만 꺼졌다 하면 나팔을 불어 댔다. 어떤 사람은 색소폰 같았고, 어떤 사람은 트럼펫 같았다. 아무리 피곤해도 이 소리는 도저히 감당하기 힘들었다. 머리가 쭈뼛쭈뼛 섰다.

문제는, 이런 소음 공해의 원흉을 미리 찾아낼 확률이 그리 크지 않다는 점이다. 뚱뚱하고 배 나온 사람을 피해 멀리 떨어진 침대로 옮겼다가, 더 강적을 만나 낭패를 본 적도 여러 번 있었다. 얌전하게 생기고 깡마른 여자 옆으로 자리를 잡은 적도 있었다. 언뜻 봐서는 전혀 코를 골 사람처럼 보이지 않았다. 하지만 그녀의 코 고는 소리는, 다윗이 골리앗을 쓰러뜨린 것만큼이나 사람을 놀라게 만들었다. 거의 화통을 삶아 먹은 소리에 가까웠다. 이런 밤은 휴식을 갖는 밤이 아니라, 시련의 밤이었다.

밤새 소음에 시달리고 잠을 설치고 난 후, 아침에 일어나 그 사람의 얼굴을 보면 곧 무슨 일이라도 저지를 것 같은 충동이 일기도 했다. 이럴 때면 카미노에 강한 배신감을 느끼기도 했다. 수면 부족에 힘들어하는 나에게, 이것도 순례자가 이겨내야 할 하나의 과정이라며 아내가 토닥토닥 다독여 줬다. 아내의 잔소리가 나를 더 짜증 나게 만들었다. 하지만 다시 한번 생각해 봤다. 어쩔 수 없는 생리 현상이라고 이해해 주는 편이 내 건강에도 좋다는 생각이 들었다.

"여기는 카미노니까."

그런데, 진짜 문제는 나도 만만치 않은 코골이라는 것. 가끔 아침에 일어나 보면, 자는 중간에 아내가 나를 흔들어 깨우던 일이 어렴풋이 기억날 때가 있었다. 그날은 내가 코를 엄청나게 고는 날이었던 것. 다른 사람들에게 너무 민망해서 조용히 일어나 나를 흔들어 깨운 것이다. 이런 걸 두고, 똥 묻은 개가 겨 묻은 개 나무란다고 하던가.

아내에게 제안을 했다. "3일간은 공립 알베르게에서 자고, 그다음 하루는 2인용 호스텔에서 자는 건 어때? 그러면 우리도 가끔은 코골이에게서 해방도 되고, 나도 다른 사람들에게 피해를 주지 않겠어? 우리는 두 사람이니까 벙크 베드 두 개 가격에 조금만 더 보태면 2인실을 잡을 수 있잖아?"

청빈을 다짐하며 출발했던 '진짜 순례자'의 자세가, 코골이 때문에 점점 무너지고 있었다.

요즘 알베르게는 대부분 무료 와이파이 제공하기 때문에, 유튜브를 틀어 놓고 이어폰으로 들으면 코골이 소음은 어느 정도 막을 수 있었다. 하지만 아침에 일어나면 귀가 먹먹했다. 소리파에 전자파까지 겹치면 고막이 견뎌 낼 리가 없었다. 귀 건강에는 치명적이었다. 귀마개를 준비해 오기는 했는데 성능이 나빠 버리고 말았다. 너무 싸구려를 산 것 같았다. 중간에 만난 선박 회사 감리사 L이 한국산 귀마개를 줬다. 역시 한국산은 최고였다. 외부 소리가 거의 차단됐다. 그 이후에는 아주 유용하게 잘 썼다. 피가 혈관을 타고 흘러가는 소리를 자장가 삼으면, 잠도 조용히 몰려왔다.

짜증 나는 알베르게 샤워장

알베르게 샤워장은 지친 순례자의 몸을 회복시켜 주는 최고의 장소였다. 샤워를 하고 나야, 그날 하루 일과를 정리할 수 있는 여유가 생겼다.

샤워장은 대부분 공동 침실 안쪽 구석에 붙어 있었다. 물을 트는 손잡이는 대개 누름단추 형식으로 되어있었다. 금속 단추를 계속, 그것도 힘껏 누르고 있어야만 물이 나왔다. 몸을 물에 적신 후 머리에 비누칠을 하는 순간 물은 멈추었다. 결국은 한 손으로는 금속 단추를 누르면서, 다른 한 손으로는 비누 거품을 씻어내야 했다. 그러다 보면 비눗물이 눈에 들어갔고, 몸은 제대로 닦이지도 않았다. 손잡이를 누른 후 최소한 5초 정도라도 물이 나오게 해줘야 비눗물이라도 씻어낼 수 있지 않은가.

카미노에서는 불만 보다는 빨리 적응하는 게 현명한 법. 돌아서서 손잡이 단추를 등으로 누른 채로 샤워를 하니까 해결이 됐다. 아내한테 대단한 거라도 발견한 것처럼 얘기해 줬다. 아내의 반응은 간단했다. 불편하긴 하지만 주어진 상태에서 최선을 다하면 된다는 것. 자기는 키가 작아서 금속 단추가 등에 안 닿는다고 했다. 그냥 인내심을 갖고 한 손은 금속 단추를 누르고, 한 손으로는 비누칠을 씻어낼 수밖에 없다는 것. 아내가 말하려는 요지는, 불평하지 말라는 것이었다.

누름단추는 물 과소비를 막기 위한 장치다. 하지만 스페인은 물이 풍부한 나라다. 마을 곳곳 한가운데로 넘쳐날 듯 흐르는 시냇물을 보면서 부럽기도 했다. 그런 나라에서 물 공급에 인색함을 보고 실망하기도 했지만, 한편으로는 다행이라는 생각도 들었다. 순례자 중에 더러는 지구가 얼마나 심각한 물 부족 상태인지를 모르는 개념 없는 사람들도 있다. 누름단추는 이들 때문에 생겨난 장치라는 생각에 마음이 가라앉았다. 나도 그중에 한 사람일 수도 있으니까.

상술에 퇴색, 하지만 카미노는 계속된다

카미노는 삶의 속도와 욕망을 내려놓고, 하루하루를 순례자의 마음으로 걸어가는 길이다. 하지만, 이 순례의 길 위에서도 세속의 그림자는 피할 수 없었다.

카미노에 있는 카페, 식당, 알베르게, 호스텔은 모두 순례자들 때문에 먹고산다고 해도 과언이 아니다. 순례자들은 돈을 헤프게 쓰지는 않지만, 워낙 많은 인원이 1년 내내 오고 가기 때문에 상인들에게는 소중한 고객이고 수입의 원천이다. 카미노 경제가 스페인 경제에서 차지하는 비중이 3% 정도 된다고 하니, 적지 않은 비중이다.

이렇게 순례길에 기대어 살아가는 사람들이 많지만, 그중에는 눈살을 찌푸리게 만드는 얄팍한 상술을 부리는 이들도 있었다. 내가 직접 경험한 것만 해도 여러 사례가 있었는데, 전체 순례자들이 당한 것까지 합치면 손꼽을 수가 없을 것이다. 물론 '사람 사는 곳이 다 그렇지.'라며 넘어갈 수도 있었다. 하지만, 어떤 일들은 그냥 지나치기엔 너무 뻔뻔하고, 너무 노골적이었다.

내가 겪은 몇 가지를 이야기해 보려 한다.

첫 번째는, 피레네산맥을 넘은 뒤의 일이었다.

론세스바예스 다음 예정지는 수비리였다. 예약한 알베르게가 수비리에 있다고 생각했는데 막상 도착해 보니 마을 하나를 더 가야 했다. 그 마을 이름은 라라소냐(Larrasoaña). 론세스바예스에서 수비리까지는 오르막과 내리막이 번갈아 이어졌다. 마지막 내리막길을 마치자마자 수비리가 나타났다. 아르가(Arga) 강이 마을을 감싸고 도는 모습이 그림처럼 아름다웠다. 평화로운 마을 풍경에 마음이 설레었다. 줄 이은 강가의 카페들이 순례객들을 기다리고 있었다. 한 카페에 들어갔다. 북적이는 사람들 사이에서 현조와 인정이가 자리를 잡고 맥주를 마시고 있었다. 아내는 평소 많이 먹지 않는 편이고, 점심시간이 조금 이르기도 해서 닭 날개 튀김 1인분과 맥주 한 잔만 시켰다. 아내도 맛은 봐야 하지 않겠나 싶어, 웨이트리스에게 포크 하나만 더 달라고 했다. 그랬더니 놀라운 대답이 돌아왔다. 포크 하나 사용료로 3유로를 더 내라는 것이었다.

처음엔 잘못 들은 줄 알았다. 이건 도를 넘어도 한참 넘는 얌체 상술이라는 생각이 들었다. 사용한 포크를 우리가 가져가는 것도 아닌데 말이다. 설사 가져간다고 해도 포크 한 개 값이 3유로를 넘지는 않을 것이다. 황당해진 우리는 포크 한 개로 번갈아 사용하며 말없이 먹은 후, 그 카페를 조용히 나왔다. 그 순간, 평화롭던 수비리의 아름다운 풍경이 마음속에서 스르르 사라져 버렸다.

두 번째는, 팬데믹 이후의 변화에 관한 이야기다.

전 세계를 휩쓸아친 인플레이션의 쓰나미는 카미노라고 피해 가지 않았다. 순례자의 주머니 사정을 고려하면, 카미노 물가는 거의 재앙 수준이었다. 카미노를 오기 전에 얻은 정보로는, 대부분의 알베르게에는 부엌 시설이 있어서 음식을 해 먹을 수 있다고 들었다. 마을에 도착하면 마켓에서 식재료를 사다 동행자들과 함께 음식을 해 먹는 재미도 쏠쏠하다고 했다. 식사를 하며 각자의 문화와 생각과 신앙을 함께 나누는 시간은 각국에서 온 순례자들에게는 소중한 추억이라고 했다. 하지만 현실은 그렇지 않았다. 많은 알베르게에는 제대로 된 부엌이 없었다. 명목상 '취사 시설'이라고 해 놓고는, 전자레인지 한 대만 덩그러니 놓아둔 곳도 제법 있었다. 공용 냄비나 조리도구는커녕 싱크대조차 없는 곳도 있었다.

그 이유는 분명했다. 알베르게가 카페나 식당을 함께 운영하고 있었기 때문이었다. 가난한 순례자들이 자기 손으로 해 먹는 걸 원천 차단하고, 자기 식당에서 돈을 쓰게 유도하려는 것이었다. 공동체 나눔의 전통이 상술에 슬슬 밀려나고 있었다.

세 번째는, 사리아(Sarria)를 지나면서부터 겪은 일이다. 이 무렵부터는 갑자기 순례자들이 많아졌다. 생장에서 출발했을 때처럼, 길 위는 다시 북적이기 시작했다. 이들은 대부분 사리아에서 출발한 '버스족'들이었다. 그들의 모습은 사뭇 달랐다. 새로 산 듯한 깔끔한 옷, 작고 가벼워 보이는 배낭으로 봐서는 전혀 순례자처럼 보이지 않았다. 100킬로미터만 걸으면 '순례 완료 증서'를 받을 수 있으니, 그들에겐 그냥 하나의 '프로젝트'에 불과했다. 생장에서부터 걸어온 '진짜 순례자'들은 옷차림도 배낭도 낡았고, 발걸음에는 묵직한 피로가 배어 있었다. 한 달 넘게 같은 옷만 입고 다니던 나는, 그 '버스족' 사이에서 거지가 된 기분이었다.

산티아고 입성을 하루 앞둔 날이었다. 비가 줄기차게 내렸다. 몸과 마음은 이미 한계에 다다라, 비몽사몽으로 걷고 있었다. 아르주아(Arzúa)라는 제법 큰 도시에 도착했을 때는, 배고픔과 추위가 육체 깊숙이 파고들고 있었다. '진짜 순례자'들의 조상은 정말 고단한 종족이었음에 틀림없었다. 돈까지 들여가며 30일, 40일씩 걷는 이들이니까.

잠시 카페에 들렀다. 우리는 우선 따뜻한 물 한 잔이 필요하다고 말했다. 점원은 커피 기계에서 뽑은 뜨거운 물 한 컵을 가져다주었다. 너무 감사해하며 둘이 나눠 마신 후, 아내는 오렌지 주스를, 나는 커피 한 잔을 주문했다. 카페를 나오면서 계산서를 보고 깜짝 놀랐다. 그 뜨거운 물 한 컵에 1.45유로가 붙어 있었다. 물값을 커피값으로 계산해 받아낸 것이다. 돈을 받으려면, 메뉴에도 집어 넣고 제대로 끓인 물을 주어야 하지 않은가. 우리의 상식으로는 도저히 납득할 수 없는 일이었다. 두 잔을 달라고 했으면 더 억울할 뻔했다. 여기까지 오는 동안, 카페에 들러 커피나 음식을 주문하기 전에, 따뜻한 물 한 잔 마실 수 있냐고 물어보면, "부엔 카미노." 한마디와 함께 흔쾌히 내어 주곤 했었다.

▲ 비가 추적추적 오는 날, 아르주아를 알리는 도시 간판 앞에서 기념사진을 찍었다.

씁쓸한 마음을 안고 우리는 숙소가 있는 살세다(Salceda)로 향했다. 작은 시골 마을이었다. 알베르게 두 곳, 식당도 두 곳뿐이었다. 그중 한 곳에서 저녁을 먹었다. 주인장이 '엄지척'을 하며 강력 추천한 새우 요리와 문어 요리를 시켰다. 하지만 테이블에 나온 새우는 민물 새우 수준, 문어는 오징어가 둔갑한 것 같았다. "엄지척이라도 하지 말던가." 음식값으로 50유로를 '털렸다'.

산티아고에 가까워지면서 상술도 점점 기승을 부리고 있었다. 하지만 카미노에는 이런 얌체 상인들 보다는, 자긍심과 봉사 정신을 가진 상인들이 훨씬 더 많았다. 이들 때문에 카미노의 아름다움은 계속될 것이라 믿는다. 수많은 사람들이 왔다가 떠나가는 것일 뿐, 카미노는 언제나 변함없이 그 자리에 있을 것이기 때문이다.

잘못된 만남

직선으로 뻗은 흙길 너머로, 벽돌색 지붕의 집들이 옹기종기 모여 있는 마을 발데프레스노(Valdefresno)가 보였다. 레온(Leon)에 도착하기 직전 마을이다.

머리 위 하늘은 청명한데, 마을 뒤로 펼쳐진 지평선 위에는 짙은 회색 구름이 무겁게 내려앉아 있었다. 마치 해일이 마을을 덮치려는 듯한 모습이었다. 카미노에서 자주 볼 수 있는 풍경이었다. 늦은 오후가 되니 차가워진 대지가 위로 올라가려는 공기를 붙잡고 있어서, 구름이 저렇게 낮게 몰려 있는 게 아닌가 싶었다.

마을에 도착하기 전, 길옆 철조망 너머로 노새 두 마리가 얼굴을 맞댄 채 나를 멀뚱멀뚱 바라보고 있었다. 마치 한 몸에 머리가 두 개 붙어 있는 것 같았다. 네 개의 맑은 눈망울이 내 걸음을 멈추게 했다.

수놈이 분명한 큰 녀석은 회색빛 털을 가졌고, 암놈이 분명한 작은 녀석은 진한 갈색이었다. 내가 두 녀석과 한참을 눈을 맞추고 있어도, 그들은 미동도 하지 않았다. 두 얼굴은 행복해 죽겠다는 표정이었다. 동물이 이런 식으로 노골적이고 '수준 있는' 애정 표현을 하는 것은 처음 보았다. 사랑 표현을 사람만 하라는 법은 없지만, 내 눈에는 너무 순진무구해 보였다. 심지어 아름다워 보이기까지 했다.

▲ 암수로 보이는 노새 두 마리가 얼굴을 맞대고 있다. 필자의 눈에는 서로 애정 표현을 하는 것으로 보였다.

진심으로 서로를 사랑하는 연인들의 애정 표현은, 마치 저 두 마리 노새처럼 자연스럽고 생기가 넘친다. 반면, 누가 봐도 사랑하는 사이로 보이지 않는 사람들이 나누는 애정 표현은 어딘가 어색하고 부자연스럽다. 순간적인 욕망에 이끌린 행위는 애정 표현이 아니라, 그저 탐욕일 뿐이다.

카미노에서 남녀간의 만남은 꼭 아름답기만 한 것은 아니었다. 때로는 눈살이 찌푸려지게 하는 사람들도 있었다. 한 동양 여성과 한 서양 남성의 '잘못된 만남'을 목격한 것은, 나에게 꽤 큰 상처로 남았다.

40대 초반으로 보이는 여자는, 첫인상부터 순례자의 모습과는 거리가 멀었다. 진한 화장에 엉덩이가 삐져나올 듯한, 몸에 착 달라붙는 레깅스를 입고 있었다. 남자는 잘생겼고 건장한 30대 후반쯤 되어 보였다.

그들과는 카미노 일정이 비슷했는지 자주 마주쳤다. 점심시간 카페에서, 때론 저녁 시간 식당에서, 때로는 같은 알베르게에서 묵기도 했다. 그들이 행동하는 모습을 보니 왠지 자연스럽지가 않았다. 둘 사이에 흐르는 공기가 서로 익숙해 보이지 않았다. 원래는 모르는 사이였다가 카미노 중간 어딘가에서 눈이 맞은 게 분명해 보였다.

여자는 마치 남편을 대하듯, 자기가 먹던 샌드위치를 남자 접시에 덜어 주기도 하고, 냅킨도 챙겨 주기도 했다. 남자는 무심한 얼굴로 받아들였지만, 그렇다고 싫은 기색은 아니었다. 여자는 이런 동양식의 조용한 배려에

서양 남자들이 약하다는 걸 이미 알고 있음에 틀림없었다.

그러던 중, 대도시에 들어가기 직전의 어느 시골 마을이었다. 알베르게에 도착해, 아내와 함께 벤치에 앉아 쉬고 있었다. 우연히 그 두 남녀도 옆자리에 앉아 있었다. 남자는 계속 어딘가로 전화를 걸고 있었고, 중간중간에 여자와 상의를 하고 있었다. 여자는 통화 내용을 듣는 척하면서, 남자의 얼굴에 자기 얼굴을 바싹 들이대기도 했다.

들어 보니 다음 날 도착할 숙소 직원과 통화하고 있었다. 일부러 들은 건 아니었다. 너무 가까이 있다 보니 자연스럽게 들린 것뿐이었다. 둘만 들어갈 수 있는 호스텔을 예약하던 중이었다. 여자는 방값을 반반씩 내면 알베르게에서 각자 내는 돈과 별 차이가 없다면서, 남자를 꾀고 있었다.

며칠 후.

어느 알베르게에서 남자 혼자 있는 모습과 마주쳤다. 입구 의자에 앉아 오던 길을 멍하니 바라보고 있었다. 얼굴은 수척해졌고, 눈은 마치 암캐를 잃은 수캐같이 공허했다. 얇은 가죽을 씌워 놓은 듯한 표정 없는 얼굴로 허공만 응시하고 있었다. 추측건대, 여자는 아마 남자에게 먼저 알베르게에 가 있으라고 말해 놓고는, 그 길로 사라진 것 같았다. 왜였을까. 이제는 그만 떠나고 싶었던 걸까. 아니면, 처음부터 카미노의 목적이 남자를 만나 즐기기 위한 '사냥꾼'이었을까.

그 이후로 여자는 한 번도 못 봤다. 남자는 몇 번 더 마주쳤는데 슬픈 표정은 온데간데없고, 카페나 식당에서 다른 여자들이랑 낄낄대고 있었다. 남자도 레온을 지나고서부터는 눈에 보이지 않았다.

문득, 두 마리 암수 노새의 순수한 눈망울이 생각났다.

텅 빈 요새 같은 시골 마을들

푸엔테 데 라 레이나(Puente de la Reina)에 다다르기 직전, 언덕 위에서 내려다본 마을은, 그 자체로 요새처럼 보였다. 에스테야(Estella), 루고(Lugo), 산티아고 데 콤포스텔라(Santiago de Compostela) 등 많은 스페인 도시의 구시가지 역시, 구조 자체가 방어적인 형태로 된 것이 인상 깊었다.

카미노에 있는 스페인의 많은 마을들은, 평지보다는 비탈진 언덕 위에 자리 잡고 있었다. 마을과 마을을 이어 주는 길은, 뱀이 먹이를 향해 고개를 파고들 듯, 마을 중심부로 들어오게 되어 있었다. 건물들은 서로 다닥다닥 붙어 있었고, 안으로 들어서면 좁고 굽은 골목길들이 얽혀 있었다. 마치 오래된 미로에 들어온 듯한 느낌이 들었다. 이는 외적의 침입에 빠르게 대응하기 위한 구조였다.

카미노 주변의 많은 시골 마을과 중소 도시들은, 과거 이슬람 왕국과의 접경지대에 자리하고 있다. 그 탓에 마을 전체가 하나의 성곽처럼 기능을 하며, 외침에 대비한 방어막 역할을 하도록 설계돼 있다. 고대 영화 속, 병사들이 방패를 나란히 붙이고, 적의 공격을 막아내는 장면이 떠올랐다.

▲ 대부분의 길은 마을 중심부로 들어가게 돼 있다.

드넓은 자연 속에 자리 잡은 이런 모습의 마을들은, 좁은 땅에 사는 한국인의 시선에는 낯설고도 인상 깊게 다가왔다. 그런데 경치 좋고 풍광도 아름다운 이런 마을들이, 지금은 하나둘씩 비어가고 있다는 사실이 마음을 우울하게 했다. 어떤 마을은 한 집 건너 한 집이 비어 있었고, 창문은 굳게 닫혀 있었다. 오래 비워진 집은 나무문이 삭아 있었고, 어떤 대문에는 X자 모양으로 막대기를 박아 두어, 더 이상 사람이 살지 않는다는 표시를 해 두었다. 흰개미(터마이트)에 갉아 먹힌 문짝이 너덜너덜해 음산하기까지 했다.

스페인도 산업화와 도시화가 급속히 진행되면서, 많은 젊은이들이 마드리드나 바르셀로나 같은 대도시로 떠났다. 시골에는 노인들만 남았고, 시간이 지나면서 마을은 점점 공동화되었다. 한국의 시골과도 닮은 모습이었다.

카미노를 따라 걷다 보면, 그런 마을들 안에서도 여전히 순례객을 상대로 생계를 이어 가는 사람들이 있었다. 알베르게, 카페, 구멍가게 같은 마켓만 남은 마을은 순례자의 마음을 한층 더 쓸쓸하게 했다. 빈집이 늘어나는 또 다른 이유 중 하나는 높은 상속세율이라고 들었다. 부모가 세상을 떠난 뒤 집을 물려받아도, 세금 문제로 팔지도 못하고 그대로 방치하는 경우가 많다고 했다. 그래서 시간이 멈춘 듯한 마을들이 자꾸 생겨난다고 했다. 하지만 최근에는 카미노의 인기가 높아지면서, 일부 지역에서는 빈집을 순례객을 위한 숙소나 문화 공간으로 재생하려는 공사가 진행 중인 곳도 있었다.

스페인은 정말 아름다운 나라이고, 마을들 하나하나가 고유한 매력을 갖고 있다. 그 장점을 지켜내고, 더 많은 사람들이 카미노를 안심하고 경험할 수 있도록, 스페인 정부가 좀 더 관심을 가졌으면 좋겠다는 생각이 들었다. 카미노가 종교적인 의미의 순례길을 제공하기도 하지만, 이 아름다운 스페인 마을들의 옛 모습을 되살리는 하나의 통로가 되었으면 하는 바람이다.

◀ 미로처럼 생긴 스페인 마을 골목길.

사람이 떠나 비어 있는 집. ▲

제3쿼터

⌣

치유의 길

나를 다시 태어나게 한 금융 위기

부르고스를 지나면 메세타 고원이 시작된다. 넓고 단조로운 초록의 밀밭 길이 끝도 없이 이어져 있다. 잔잔하고 무심한 풍경 속을 걷다 보면, 모든 세상이 정지돼 있다는 착각에 사로잡히기도 했다. 지금까지 떠밀리듯 살아온 나의 삶도, 시간이 멈춘 듯, 잠시 고요해진 느낌이 들었다. 그 탓인지 자연스레 말이 줄고 침묵이 깊어 졌다. 생각은 점점 나의 내면으로 파고들었다. 과학자들의 연구 결과, 카미노 같은 길을 걸으면 뇌에서 세로토닌이라는 호르몬이 활성화되어, 마음이 차분해지고 더 깊이 사고하게 된다고 한다. 그러다 보면 '나는 누구이며 어디로 가는가?'와 같은 조금은 진부하지만, 본질적인 질문들과 다시 마주하게 된다.

▲ 묵묵히 걷고 있는 순례자. 걷다 보면 나는 누구인가 등 인간의 근원 문제를 생각하게 된다.

어릴 적 기억부터 최근의 일까지 주마등처럼 스쳐 지나갔다. 평소에는 잊고 살던 기억들까지 문득문득 떠올랐다. '카미노는 왜 나를 불렀을까?'라는 데까지 생각이 도달하다 보니, 자연스럽게 '나는 미국에서 왜 살고 있을까?'로 흘러갔다.

조국을 떠나 남의 나라에서 사는 사람은 팔자가 세거나, 역마살이 있다고 이민자들끼리 농담 삼아 자조하기도 한다. 그 말에는 이민자의 삶이 그렇게 녹록한 것만은 아니라는 의미가 내포되어 있다. 이민 와서 크게 성공한 사람들조차도 이런 생각에서 자유로울 수는 없을 것이다.

내가 처음 미국에 왔을 때, 모든 게 잘 풀리는 듯했다. 한국 본사에 비하면 신문사의 업무 강도도 훨씬 느슨했고, 긴장감도 없었다. 마치 전쟁터에서 해방된 듯한 기분이었다. 게다가 오자마자 투자한 부동산도 운 좋게도 잘 불어났고, 나는 마치 부자가 된 듯한 착각에 빠졌다. 영주권도 받고 나니 '이제 좀 자유롭게 살아 보자' 싶었다. 신문사를 그만두고 잡지를 창간했지만, 반년도 못 가 접었다. 광고부터 기사까지 모든 걸 혼자 감당하기엔 무리였다. '내가 굳이 이 일을 계속 해야 하나?' 하는 마음이 더 컸다.

그러던 2008년, 리먼 브라더스 사태는 나의 모든 걸 무너뜨렸다. 미국발 금융 위기가 나까지도 집어삼켰다. 사는 집과, 투자로 샀던 상업용 부동산은 은행에서 가져갔다. 각종 고지서는 쉴 새 없이 날아들었고, 생계는 막막했다. 그제야 미국 생활의 냉혹한 현실이 피부에 와닿았다. 나는 미국을 몰라도 너무 몰랐고, 철도 없었다.

무엇보다도 교만한 게 문제였다.

인간이 극한에 몰렸을 때 선택지는 둘 중 하나다. 무너지거나, 혹은 딛고 일어서거나. 나는 절망 속에서, 다시 한번 하나님을 찾았다. 믿음은 내 유일한 버팀목이었다. 그 시절, 나는 교회에서 제자 훈련을 받고 사역에도 참여하며, 뜨겁게 믿음을 지켜 나가고 있었다.

살 방법을 찾다 보니, 부동산 브로커 시험에 도전했다. 미국에는 에이전트와 브로커, 두 단계의 자격이 있는데, 다행히도 높은 단계인 브로커 시험에 단번에 붙었다. 일요일이면 교회를 다녀온 뒤, 하얀 와이셔츠에 넥타이를 매고 동네 집집마다 문을 두드렸다. 휴일에는 사람들을 제일 많이 만날 수 있기 때문이었다. 집을 사거나 팔 가능성이 있는 사람들을 찾아다니는 작업이다. 미국에서는 이런 '도어 노킹'이 부동산업의 중요 수단 중의 하나다. 한두 사람이라도 만나 대화를 하고 나면, 뭔가 일을 한 것 같은 마음이 들어 뿌듯했다. 영어는 서툴렀지만 외운 문장을 앵무새처럼 반복했다.

지금 돌이켜보면 무모한 시도였지만, 홈리스가 되는 것보다는 낫지 않겠느냐는 절박함이 날 움직이게 했다. 그렇게 몸과 마음을 다해 살았던 시간들이 있었다. 삶은 힘들었지만, 그 어느 때보다도 하나님을 가까이 느꼈다. 차 안에서 혼자 울면서 회개의 기도를 올리기도 했다. 정말 견디기 어려운 날이면, 채찍을 맞으며 십자가를 지고 골고다 언덕을 오르시던 예수님을 떠올렸다. 그러다 보면, 지금 내가 겪는 이런 고통쯤은 아무것도 아니라는 생각이 들었다.

'한강의 기적'은 6.25 전쟁 이후 폐허 속에서 이뤄낸, 한국인의 부지런함과 '빨리빨리' 정신이 낳은 결과다. 토인비의 말처럼, 도전에 응전했기에 가능했던 일이었다. "젊을 때 고생은 돈 주고서도 한다"는 속담도 있다. 성공한 사람들도 알고 보면 모두 그런 도전과 응전의 결과물이다. 나 역시 금융 위기를 통해 이 원리를 깨달았다. 어려운 상황을 통해 새로운 삶을 알게 됐다.

그 어두웠던 터널을 지나, 지금 나는 이 카미노 위에 서 있다. 하나님은 교만한 자를 싫어하신다. 내 안의 교만을 꺾기 위해, 하나님은 시련이라는 이름으로 나를 훈련시키셨던 것이다.

"하나님은 교만한 자를 대적하시되 겸손한 자들에게는 은혜를 주시느니라."(베드로전서 5장 5절)

죽음, 풀어야 할 숙제

카미노 곳곳에는 순례 중에 세상을 떠난 이들을 기리는 십자가나 추모비가 자주 눈에 띄었다. 어느 곳에는 돌무더기 위에 나뭇가지를 엮어 만든 조촐한 십자가가 놓여 있었다. 이들 중에는 병든 몸을 이끌고, 예수님을 만나고 싶은 간절한 마음 하나로 이 길에 나섰던 이들도 있었다. 그들은 굳이 죽을 자리를 따지지 않은 듯했다. 예수님을 만나는 자리가 곧 죽을 자리라고 생각했을 것이다. 카미노에서 죽든, 집에서 죽든, 그들에게는 인간의 본향은 천국이라는 확신이 있었던 게 분명했다. 병실이나 요양원에 누워 두려움 속에서 생을 마감하는 이들보다는, 순례길 위에서 자신의 마지막 걸음을 내디딘 이들이 훨씬 더 마음이 평안했을지도 모른다. 기록에 의하면 해마다 순례 중 생을 마감하는 사람이 열 명이 넘는 해도 있다고 한다.

 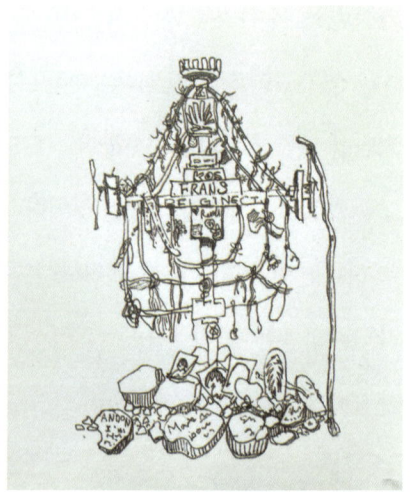

▲ 카미노 곳곳에서 보이는 개인 무덤.

카미노의 마을에는 입구든 출구든, 어김없이 공동묘지가 있었다. 또한 마을의 제일 좋은 자리에는 으레 성당이 자리를 잡고 있었다. 성당 앞마당, 뒷마당에는 묘지가 지정석이라도 된 듯 자리를 잡고 있는 곳도 수두룩했다. 죽은 자들이 거기 말없이 누워 있었다.

일찍 죽은 자, 제 수명을 다하고 죽은 자, 아파서 죽은 자. 살아 있는 순례자들이 그 죽은 자들을 흘끔흘끔 쳐다보며 지나갔다. 죽어서도 산 사람과 함께 같은 공간에 있는 걸 보면, 이런 마을들은 왠지 사람들 간에 공동체 의식이 강했을 거라는 생각이 들었다.

성당 내에 묻혀 있는 망자들은 아마도 외롭지 않을 것이라는 생각도 들었다. 예배드리러 들고날 때마다, 산 자들이 성호를 긋고 인사를 건넬 테니까 말이다.

비석들은 모양도 크기도 달랐다. 마른 이끼에 덮인 채 비문조차 희미해진 가난한 비석이 있는가 하면, 돌의 색깔이 번들번들하고 꽃이 놓여 있는 부자 비석도 있었다. 인간 세상과 마찬가지로, 비석도 빈부 격차가 뚜렷해 보였다.

로스 아르코스(Los Arcos) 마을의 끝자락에도 어김없이 공동묘지가 자리 잡고 있었다. 묘지 입구 돌판에는 이런 문구가 쓰여 있었다.

"그대의 현재 모습이 나의 과거 모습이고, 나의 현재 모습이 그대의 미래 모습이다."**(나는 스페인어 해독을 못해서, 인영균의 『나는 산티아고 신부다』에서 옮겨 왔다.)**

삶과 죽음의 경계는 생각보다 멀지 않다는 의미로 다가왔다. 육체가 살아 있음과 죽어 있음은, 어쩌면 동전의 양면과 같다는 생각이 들었다.

폰페라다(Ponferrada) 시내에서 벗어난 후 굴다리를 지나 언덕길을 오르다 보면, 왼편에도 공동묘지가 있다. 그곳 입구 기둥에는 다음과 같은 문장이 보였다.

"여기까지는 그대의 수명에 따라왔도다. 여기서부터는 그대의 행업에 따라 가리라."(위 인영균의 글에서 가져옴.)

▼ 성당 내에 자리 잡고 있는 무덤들.

불교나 힌두교 등, 특히 동양 종교에서는, 살아 있는 동안의 행위를 중시하는 것으로 알고 있다. 살아 있는 동안 선하게 살아야 구원을 받을 수 있다는 것. 위의 문구로 봐서 카톨릭도 살아 있는 동안의 행업을 강조하는 것으로 보인다. 반면 개신교에서는 선한 행위도 물론 중요하지만, 하나님에 대한 믿음을 더 중시한다. 죽음 이후의 심판과 구원에 대한 해석은 종교마다 다른 것 같다.

내가 미국에 처음 왔을 때 매우 놀랐던 일이 있었다. 암으로 세상을 떠난 교인이 있었는데, 장례 예배를 집에서 드린다고 해서 갔더니 사체가 거실 소파에 그대로 누워 있었다.**(지금 생각해 보니, 그 교인 가정에 돈이 없어서 집에서 장례를 치렀던 것 같았다.)** 죽음을 경외시하던 한국 문화에 익숙한 나로서는 매우 충격적인 광경이었다. 사체를 직접 집 안에서 본 건 처음이었다. 삶과 죽음이 실제로 얼마나 가까이 있는지를 체감했다.

살다 보면 삶이 너무 힘들어서, 차라리 죽고 싶다는 생각을 하는 사람들도 있다. 내가 아는 부부가 있는데, 초기 이민 생활이 너무 고단해서, 매일 밤 잠들기 전에 "내일 아침에 눈이 뜨지 않게 해달라"고 기도를 했다고 했다. 자고 나면 새로운 하루가 오는 게 두려웠다는 것. 그들은 죽음을 이용해 이 순간의 고통으로부터의 해방되고 싶었을지도 모른다. 하지만, 그들이 정말로 바랐던 건, 살고 싶은 마음이 더 간절했던 건 아니었을까. 이들은 그 어려움을 잘 견뎌내고 경제적으로 큰 성공을 거두었다. 그리고 지금은 행복하게 그리고 여유 있게 잘 살고 있다. 고단한 삶을 회피하기 위해 죽음과 타협하려 했던 이 부부는, 이제는 죽음의 의미를 누구보다도 더 잘 알 것이라는 생각이 든다.

죽음학 전문가 정현채 교수는 어느 유튜브 방송에서 이렇게 말했다. "죽음은 소멸이 아니고 옮겨감이다. 죽음 앞에는 벽이 아니라 새로운 문이 열려 있다." 육체는 사라지지만 영혼은 또 다른 세계로 옮겨간다는 말이었다. 그는 이 개념을 이해하고 받아들이면 죽음의 공포에서 어느 정도 해방될 수 있다고 했다. 결국, 죽음에 대한 두려움은 '모름'에서 비롯된다는 것. 예컨대, 천둥 번개가 신의 노여움이라고 여길 때는 무섭지만, 그것이 단순한 자연 현상임을 알게 되면 두렵지 않다는 것과 같은 이치가 아닐까.

그는 이어 자살하는 이들은, 죽음을 '끝'이라고 여긴 나머지 극단적인 선택을 한다고 말했다. "어려운 상황에서 자살한다고 해서 그 문제가 끝나는 것이 아니라, 사후 세계까지 함께 가져간다는 걸 알면 자살률을 낮출 수 있다"고 했다. 그래서 어려운 일이 있더라도 자살하지 말고, 이승에서 끝까지 풀어야 한다고 그는 강조했다. 자살률 세계 1위라는 오명을 안고 있는 우리나라 청년들이 꼭 알았으면 하는 부분이다.

내가 아는 어떤 목사는 이렇게 말했다. "죽으면 끝이지 뭐." 천국 소망을 앞장서서 부르짖어야 할 성직자가 저래도 되나 싶었다. 하지만, 그 역시 죽어 본 적이 없으니 확신할 수 없는 것은 마찬가지였을 것이다.

정 교수는 "죽음에 대한 생각은, 가능하면 젊었을 때 그리고 건강할 때 정립을 해 놓으면, 삶이 좀 더 풍요로워질 수 있다"고 주장하기도 했다. 실제로 유럽 여러 나라에서는 '죽음 조기 교육'을 이미 실시하고 있다고 했다.

주변에 자식을 먼저 떠나보낸 부모, 부모를 잃은 자식, 배우자를 잃은 남편이나 아내를 보게 되는 경우가 많다. 그들이 처음 받는 충격과 슬픔은 이루 말할 수 없이 크다. 그러나 시간이 흐르면, 그 충격과 슬픔은 서서히 옅어져 가는 게 인생사다. 내가 죽어도 마찬가지일 것이다. 아이들과 아내는 당장은 큰 충격을 받겠지만, 시간이 지나면 그들도 다시 제 삶을 살아갈 것이다. 나를 아는 몇몇 사람들도 잠시는 슬퍼하겠지만, 결국은 아무 일도 없었던 듯 일상을 회복할 것이다. 지구는 여전히 자전을 계속할 것이고, 해는 동쪽에서 떠서 서쪽으로 질 것이다. 내가 죽는 그날에도, 누군가는 이 순례 길을 걷고 있을 것이다.

나도 평소에는 "사람은 다 죽는 거야. 다만 좀 일찍 죽느냐, 늦게 죽느냐 차이일 뿐."이라며, 죽음을 마치 남의 일처럼 말하곤 했다. 하지만 공황장애가 찾아왔을 때, 죽음은 내 눈앞으로 성큼 다가왔다. 철창에서 막 튀어나온 호랑이처럼 나도 무시무시하게 느껴졌다. 어쩌면, 죽음이 두려워서 공황장애 증상이 나타난 것이었는지도 모른다.

지금 살아 있는 사람들 중, 누구도 죽음을 '경험'해 본 사람은 없다. 경험했다면 이미 이 세상 사람이 아닐 테니까. 수많은 철학자들이 죽음에 대한 정의를 내놓았지만, 그중 어느 것도 정답은 아니다. 그저 가설이거나, 상상일 뿐이다. 나에게도 여전히 죽음은 낯설고, 두려운 존재다. 인간이라면 누구나 마주해야 할 내면의 깊은 골짜기에서 죽음은 웅크리고 있다.

죽음에 대한 진정한 해답은 오직 예수님만이 아신다.

"나는 부활이요 생명이니."(요한복음 11장 25절)

어머니가 돌아가시다

▲ 빗속에서 발이 아파 절룩거리며 걷고 있는 중에 카톡으로 어머니 부고 소식을 접했다.

왼쪽 엄지 발가락의 종자골은 여전히 나를 괴롭히고 있었지만, 이틀 뒤면 성 야고보의 산티아고에 도착한다는 기대로 마음은 가벼웠다.

팔라스 데 레이에서 버스를 타자는 유혹에 넘어갈 뻔하던 날. 멜리데를 향해 절뚝거리며 걷고 있는데, 문득 한국에 있는 형으로부터 카톡이 들어왔다. "어머니 돌아가셨어."

어차피 언젠가는 겪어야 할 일이라고 생각해 왔지만, 갑작스러운 부고 소식에 내 머릿속은 모든 게 정지된 듯했다. 어떡하나. 나는 지구 반대편 스페인의 시골길 한복판에 있었다. 이곳에서 한국까지 갈 수 있는 방법은 커녕, 갈 수 있다 해도 장례식에 제때 도착하는 건 불가능했다. 현대 문명 국가에서 급한 일이 생겨도, 마음대로 움직일 수 없는 경우가 있다는 걸 이 때 알았다.

어머니의 죽음 소식을 듣고 처음에는 울지 않았다. 우선 실감이 나지 않았다. 시간이 지나면서, 어머니에 대한 추억과 죄송함이 점점 오버랩되었다.

고등학교 시절, 방학이 끝나고 부여에서 대전으로 돌아갈 때면, 주머니에서 꼬깃꼬깃 돌돌 만 쌈짓돈을 꺼내 내 손에 꼭 쥐어 주던 생각이 났다. 여름이면 복숭아를 대야째로 사다가, 우리 형제들에게 똑같이 나눠 주시던 생각이 났다. 대학 다닐 때는 방학에 집에 내려오면, 아끼고 아낀 돈으로 보약을 지어 주시던 생각이 났다. 나는 그 보약을 먹고 공부보단 놀기에 바빴던 생각도 났다.

어머니를 잃은 슬픔보다 죄송한 마음이 먼저 북받쳐 올라왔다. 가슴속으로부터 치밀어 오른 울음은 목구멍에서 끽끽대며 울렁거리다가, 다시 속으로 기어들어 갔다. 그러다가 어머니가 이 세상 사람이 아니라는 걸 인정하는 순간, 속에서 울컥거리던 감정들이, 드디어 목울대를 타고 꺽꺽거리며 기어 나왔다. 슬플 때의 울음은 단정하고 고요하게 우는 것이라는, 평소 나의 생각은 뒤집어졌다. 아내도 울 때는 실컷 울어야 한다고 생각했는지, 아무 말 없이 뒤에서 멀찌감치 따라왔다. 임종을 곁에서 지켜보지 못한 서러움, 어머니를 보고 싶은 그리움, 평소에 잘해드리지 못한 죄송함이 뒤섞여서 나의 어깨는 휘청거렸다.

그날은 하루 종일 비가 추적추적 내렸다. 카톡으로 어머니의 부고를 확인하기 불과 1시간 전, 옆 숲속에서 무언가 툭 하고 쓰러지는 듯한 느낌이 스쳤었다. 짐승인가 싶어 자세히 살펴봤지만 아무것도 보이지 않았다. 돌이켜보면, 어머니의 영혼이 이 길 위의 나에게, 마지막 인사를 보내고 가신 건 아니었을까 싶었다.

우리 어머니는, 모든 어머니들처럼, 강하셨고 언제나 자식이 먼저였다. 아버지가 돌아가신 후에도 혼자 꿋꿋하게 잘 살아내셨다. 평생을 아들들의 출세와 가정의 평화를 위해 헌신하셨지만, 단 한 번도 그 삶을 후회하지 않으셨다. 아들들이 어머니의 기대를 다 채워드리진 못했어도, 어머니는 어떤 원망도 내비치지 않으셨다. 그런 어머니를 버티게 만든 삶의 동력은 무엇이었을까. 어떤 희망이 어머니의 날들을 그렇게 인내하게 했을까.

요양원 생활이 싫다고 하셨는데도, 우리는 직접 모시지 못했다. 그 불효의 기억이 가슴 한가운데를 후벼 파듯 아팠다. 미국에서 산다는 핑계로, 자주 뵈러 가지 못한 죄책감이 지금 이 순간도 무겁게 내려앉는다. 96세면 장수하신 편이지만, 오래 사셨다는 걸로는 위로가 되지 못했다.

"3년 병간호에 효자 없다"는 말이 있다. 요즘 많은 자식들은 늙은 부모를 요양원에 맡기는 것을 '서로를 위한 선택'이라며, 스스로를 위로하고 합리화하고 있다. 어쩌면 그것이 현실이고, 피할 수 없는 시대의 흐름일지도 모른다. 요양원이란, 현대 사회가 만들어낸 '합법적인 고려장'이라는 생각을 지울 수가 없다. 필요한 존재이지만, 동시에 마음 아픈 공간이기도 하다.

생명의 끝자락을 담보로 삼아 느리게 흐르는 시간의 조각들을, 어머니는 이 조그만 공간에서 어떻게 견디셨을까. 무슨 생각을 하며 버티셨을까. 어떤 마음으로 하루하루를 살아내셨을까.

가슴 한복판이 또 조여 오기 시작한다.

나그네에게 집이란 무엇인가

'철의 십자가'가 있는 몬테 이라고(Monte Irago)산은 제법 규모가 크다. 고지대라서 그런지 늦은 봄인데도 이른 봄기운이 완연했다. 길가에 핀 풀꽃에는 꿀을 따는 벌들이 윙윙거리고 있었고, 햇빛에 녹아 질척해진 땅 위에서는, 이름 모를 곤충들이 바쁘게 움직이고 있었다.

먼 산봉우리에 아직 남아 있는 흰 눈은, 봄 햇살과 마지막 버티기 싸움을 하고 있는 듯 맥이 없어 보였고, 거대한 풍력 발전기들은 제 기능을 잃은 듯 날개를 벌린 채 멀뚱하게 서 있었다. 흰 눈 아래 산등성이에 피어 있는 꽃 군락은, 마치 보라색 구름이 걸쳐 있는 듯 어스름했다.

산을 넘어오는 2~3시간 동안, 봄의 한 계절을 다 거쳐온 듯했다. 저 멀리 아래로 오늘의 목적지 몰리나세카(Molinaseca)가 보였다. 바로 눈앞인데도 구글맵을 보니 아직도 10킬로미터나 남아 있었다.

산 중턱에 있는 카페에서 주스 한 잔과 엠파나다 당근 케이크를 하나씩 먹으며 피로를 달랬다. 내리막길과 한참을 씨름하다 보니 몰리나세카에 들어섰다. 아름다운 시가지가 우리를 맞아 주었다. 크지도 작지도 않은 휴양 도시 같은 느낌의 마을이었다. 산에서부터 흘러내려오는 시냇물 가에 알베르게 몇 개가 자리 잡고 있었다. 산이 높아서 그런지 수량이 제법 많았고 물살도 빨랐다. 순례객들인지 지역 관광객인지, 수영복 차림의 젊은이들이 일광욕을 즐기고 있었다. 여유롭고 한가로운 모습이었다.

구글맵은 우리가 예약한 알베르게까지 500미터를 더 가야 한다고 가리키고 있었다. 자갈과 흙으로 된 산을 넘어오며 다리가 천근만근이 된 탓에, 남은 길이 유독 더 멀게만 느껴졌다.

▼ 알베르게에 도착하면 빨래부터 하는 게 순례자들의 일상이다. 빨랫줄에 순례자들의 옷이 널려 있다.

전화로 2인실 예약을 해 놨었는데, 접수대에서 전화를 받은 적이 없다고 했다. 완벽한 오리발이었다. 우리가 조금 늦게 도착했다는 이유로 다른 사람한테 넘긴 것 같았다. 매우 불쾌했지만 나는 '을'에 불과했다. 벙크 베드는 남아 있다며 10인실로 안내했다. 알베르게 주인은 미안했는지 친절을 과도하게 베풀었다. 묻지도 않았는데 알아듣지도 못하는 스페인어로 계속 말을 걸었다. "오느라고 수고했다, 좋은 시간 보내라." 이런 말인 것 같았는데 그냥 눈치로 알아들었다.

대충 손빨래를 하고 뒷마당으로 나갔다. 이미 도착한 사람들의 옷가지로 빨랫줄이 가득 차 있어 우리 것을 걸 자리가 없었다. 겨우 틈을 만들어, 속옷과 양말 몇 가지를 널었다. 빨래를 마친 사람들이 뒷마당에 널브러져 있는 모습이 마치 패잔병 집단 같아 보였다.

샤워를 마치고 나서, 이 아름다운 마을을 한번 둘러보고 싶었다. 저녁도 괜찮은 식당 하나 골라 천천히 여유를 즐길 작정이었다. 하지만 우리 알베르게는 마을 중심에서 약간 떨어져 있었고, 밖으로 나갈 엄두가 나지 않았다. 거리는 불과 500미터. 평소 같았으면 금세 걸어갈 수 있는 거리지만 5킬로미터쯤처럼 멀리 느껴졌다. 그만큼 몸과 마음이 지쳐 있었다. 하는 수 없이 알베르게에서 순례자 메뉴를 먹었다. 바쁘게 움직이는 알베르게 운영자들을 보니 장사가 잘되는 어느 도시의 식당 모습이었다. 오랫동안 숙련된 종업원들은 빈틈이 없어 보였다. 아마 가족끼리 운영하는 것 같았다.

옆 침대에는 오스트레일리아에서 왔다는 부부가 자리를 잡았다. 아내에게 세심한 배려를 하는 모습이 보기에는 좋았다. 하지만, 너무 잘해주다 보면 자칫 아내 분이 공주라도 된 듯 착각하지 않을까 걱정스러웠다. 사설 알베르게답게 침대가 비교적 새것이었고 나무로 만든 구조물이었다. 침대와 침대 사이도 넓어서 편안한 분위기였다. 덕분에 잠은 비교적 잘 잤다. 잠자리가 매일 이 정도만 된다면, 나그네의 삶도 버틸 수 있다는 생각이 들었다.

산티아고가 다가올수록 내 머릿속은 점점 텅 비어 가고 있었다. 나의 하루 일과도 단순해졌다. 날이 밝으면 짐 정리하고, 적당히 배를 채우고, 잠잘 곳을 찾는 것이 전부였다. 지나는 길의 풍경이 마음에 들든 안 들든, 길이 자갈밭이던 흙길이던, 나의 운명은 산티아고를 향해 오로지 걷는 일뿐이었다. 길 위에서는 어제와 오늘, 내일이 별다르지 않았다. 나는 점점 단세포 생물이 되어가고 있었다.

카미노의 삶이 단순해진 만큼, 속세의 삶과도 자연스럽게 멀어졌다. 집을 떠난 지 벌써 한 달이 됐다. 집이 그리울 만도 한데, 이젠 집 생각이 별로 나지 않았다. 별로 궁금하지도 않았다. 내 방, 내 책상, 따뜻한 이불이 그립던 감정이 어느 순간부터는 가물가물해지기 시작했다.

"나한테 집이란 게 있었던가."

카미노는 이렇게 내게 집의 개념을 새롭게 가르쳐 주었다. 우리는 이 땅에서 나그네로 살다가, 결국 본향으로 돌아가는 존재라는 것. 이승에서는 발 닿는 곳이 곧 내 집이라는 것. 이런 단순한 진리를 몸으로 느끼고, 하루하루

실천해 볼 수 있었다는 것만으로도, 카미노는 나에게 충분한 가치가 있었다.

진정한 순례자가 된 건가

카미노도 이젠 막바지에 이르고 있었다. 베가 델 발카르스(Vega Del Valcarce)에서 폰프리아(Fonfriaa)까지, 생장에서 출발한 지 29일째다. 이 구간은 카미노 프랑스 길에서 제법 도전적인 구간 중 하나로, 약 1,000미터의 고도를 지나야 했다.

졸졸졸 흐르는 시냇물 소리, 평화롭게 풀을 뜯어 먹는 소와 어미 젖을 빠는 송아지. 스페인 산골 마을의 풍경은 강원도 산골 마을과 분위기가 비슷했다. 산악 지대의 연속이었다. 오 세브레이로(O Cebreiro) 언덕으로 올라가는 길은 거의 깔딱고개 수준이지만 새들의 합창 소리가 힘든 몸을 달래 주었다.

꾸욱 꾹 꾸~욱. 산비둘기는 배 속에 있는 힘을 다 짜내듯 울었다. 인간과 함께 사는 속세의 비둘기와는 달리, 왜 저렇게 애절하게 우는지…. 산속에서 살다 보니 세상이 그리운가 보았다. 소들의 워낭 소리와 뻐꾸기 우는 소리가 합세해 중창단을 이루었다. 소는 풀을 뜯을 때마다 워낭이 장단을 맞춰 주니 되새김질도 잘될 것이라는 생각이 들었다. 산 중턱에 마을이 나왔고, 다 올라왔다 싶으면 또 올라갔다. 이 산 중턱 마을에도 알베르게가 몇 개 있었다. 어느 집은 버려졌고, 바로 옆집은 개축을 하고 있었다. 새것과

헌것이 공존하고 있었다.

숲이 우거진 오르막길을 거의 올라가니 갈리시아의 시작이라는 돌로 만든 안내판이 나타났다. 기념사진을 찍었다. 가능하면 갈리시아 글자가 크게 보이도록 찍었다. 산티아고까지는 아직 많이 남아 있었지만, 갈리시아로 들어서니 벌써부터 성 야고보의 숨결이 느껴지는 듯해서였다.

▲ 갈리시아 지방이 시작된다는 표지석을 붙잡고 필자의 아내가 포즈를 취하고 있다.
여기서부터는 성 야고보의 숨결이 느껴지는 듯했다.

정상에 오르니 오 세브레이로 성당이 나왔다. 몇 개의 카페와 기념품 가게들이 있었다. 버스 관광객들로 북적댔다. 상인들은 맥주잔, 와인잔, 우편 엽서, 기념품 등을 진열대에 내놓고 한 개라도 더 팔려고 피나는 노력을 하고 있었다. 상인들에게는 우리 같은 돈을 잘 안 쓰는 '진짜 순례자'들은 안 중에도 없는 듯 보였다. 오렌지 주스와 커피 한잔을 겨우 얻어 마신 후, 숙소로 향해 내려가기 시작했다.

지금 나의 몸 상태는 올라가는 길보다 내려가는 길이 더 힘들었다. 몸무게의 중력이 발과 발가락을 무자비하게 공격을 하고 있었다. 10킬로미터 정도 내려오니 오늘의 목적지 폰프리아 알베르게, 아 레볼레이라(A Reboleira)가 나왔다. 산골 마을 분위기가 참 좋았다. 샤워와 빨래를 마치고 밖으로 나왔다. 아내는 그림을 그렸고, 나는 샤워하다 허리가 또 삐끗해서 나무 벤치에 잠시 누웠다. 늦은 오후의 햇볕이 기분 좋게 얼굴을 간지럽혔다. 바로 앞에는 소들이 유유자적 풀을 뜯고 있었다. 소똥 냄새는 났지만 평화로웠다. 이게 바로 순례의 맛이 아닌가 싶었다.

이 알베르게는 숙소 건물과 식당 건물이 별도로 돼 있었다. 식당 건물은 전통 가옥인 '팔로사(Palloza)'인데 분위기가 고급 레스토랑처럼 생겼다. 둥근 벽을 따라 많은 순례자들이 서로 마주 보며 식사를 할 수 있는 구조로 돼 있었다. 식사는 큰 그릇에 음식이 나오면 각자가 양껏 덜어 먹는 공동 식사 형식이었다.

▲ 알베르게 아 레볼레이라 식당 내부. 각국에서 온 순례자들이 식사를 하면서 담소를 나누고 있다.

세계 각지에서 온 순례자들이 서로 얘기를 나누느라고 떠들썩했다. 저녁 식사 메뉴는 매우 인상적이었다. 순례자 메뉴인데 애피타이저로 우거짓국 같은 수프가 나왔다. 어머니가 끓여 주던 맛은 아니었지만, 비슷한 냄새라도 나니 입과 코가 모처럼 호강을 했다. 와인은 알베르게 자체에서 직접 만든 거라며 무한리필을 해주었다. 메인 메뉴는 돼지갈비찜이었는데 무척 맛이 있었다. 맨 마지막으로 나온 야채 볶음밥은, 한국 사람들 입맛에 딱 맞았다. 한국 사람들이 워낙 많아서 이런 메뉴를 개발했나 싶었는데, 돌아보니 한국 사람은 나와 아내뿐이었다.

식사를 마치고 침대로 돌아왔다. 피곤해서 아무 생각이 없었다. 그야말로 무념무상의 상태였다. 아까 산 정상 근처에서 만났던 연세 좀 드신 프랑스 사람들과 같은 방이었다. 이들은 어제도 같은 숙소에서 묵었었다. 두 여자분은 시누이올케 사이이고, 남자는 남편이라고 했다. 사이가 좋은 시누이와 올케 같았다. 아내와 남편이 그 좁은 1인용 침대에 둘이 나란히 누워 있었다. 침대는 각자 있었지만 부부간에 잠시라도 체온을 나누고 싶었던 모양이었다. 나이가 든 사람들이 좀 주책이 아닌가 싶기도 했지만, 그렇게 눈꼴사납게 보이지는 않았다. 시누이는 옆 침대에서 쉬는지 자는지 조용히 못 본 척 누워 있었다.

50대쯤으로 보이는 일본인 여성 순례객이 뒤늦게 도착해서 출입문 쪽에 자리를 잡았다. 감기에 걸렸다며 기침을 엄청 해 댔다. 보기에 딱해 내가 갖고 있던 감기약 '나이트 퀼' 두 알을 나누어 주었다. 고맙다며 일본인 특유의 과장된 인사를 다섯 번 정도는 했다. 그 이후로는 한 번도 만나지 못했다. 끝까지 카미노를 잘 마쳤는지 궁금했다.

침대 매트리스가 너무 폭신해 나는 맨바닥에 담요를 깔고 잤다. 다행히도 알베르게에서 담요를 충분히 제공했다. 허접한 매트리스에서 자고 나면, 허리에 치명적인 데미지가 온다는 걸 경험으로 알고 있었다.

이 방의 수용 인원은 약 스무 명 정도. 화장실에 다녀오는 사람들의 발이 바닥에 누워 있는 내 얼굴 위로 휙~ 휙~ 스치며 지나갔다. 포로수용소에 누워 있는 느낌이었지만, 감은 눈 속에서 성 야고보의 모습을 억지로 그려 보기도 했다.

허리와 발바닥은 계속 아팠고, 몸은 여전히 무거웠지만, 마음은 많이 가벼워졌다. 이 세상에서의 삶이, 나그네의 삶이라는 생각이 점점 마음속에 자리를 잡고 나서부터, 나 자신이 조금씩 비워져 가는 느낌이 들었다. 나의 모든 정신적 감각은 무딘 칼처럼 조용해져 갔다. 욕심도, 불안도 희미해져 갔다. 그저 걷고 있다는 사실 하나만으로 모든 게 충분했다.

"이젠, 정녕 진정한 순례자가 된 건가."

추웠지만 좋았던 기억, 영국 성공회 알베르게

산 후스토 데 라 베가(San Justo de la Vega)에서 라바날 델 카미노(Rabanal del Camino)까지 24킬로미터를 걷는 날이었다. 대충 계산해 보니 산티아고까지 이젠 한 열흘 남았다.

3킬로미터쯤 지났을까, 숙소에서 멀리 내려다보이던 도시, 아스트로가(Astorga)가 나타났다. 스페인의 도시나 마을은 예외 없이 카미노가 성당 앞을 지나가게 설계돼 있었다. 아스트로가 성당도 제법 규모가 크고, 역사의 무게가 느껴졌다. 15세기 바로크 양식 외관을 지닌 이 성당은 기초 공사 당시 놓인 주춧돌을 그대로 보존하고 있어, 중세 시대로 들어온 듯한 느낌을 줬다. 성당 옆에는 가우디가 설계했다는 옛 주교관이 있었다. 지금은 박물관으로 쓰이고 있다. 조금 더 오르니 산타 마르타 성당이 눈에 들어왔다. 근처 카페에 들러 커피와 빵으로 아침 겸 점심을 때웠다. 허리 통증에 대비해 약국에 가서 파스도 샀다.

아스트로가는 메세타 구간이 끝나고, 산악 지대가 시작되는 경계점이다. 도시를 벗어나자 멀리 설산이 보였다. 5월의 하얀 산봉우리는, 새롭게 펼쳐질 여정의 문턱처럼 느껴졌다.

길가의 돌 이정표 위에 이런 글귀가 적혀 있었다. "You can't get lost by moving forward."

▲ 길 안내 표지석에 "You can't get lost by moving forward."라는 글귀가 있다. 표지석 뒤에 필자의 그림자가 보인다.

제3쿼터

의역을 하면 "계속 걸어가라, 그러면 길은 보일 것이다."쯤 될까? 누군가 지친 순례자들을 응원하고자 새겨 놓은 문장일 것이다.

산 중턱에 있는 마을, 산타 카탈리나 데 소모사(Santa Catalina De Somoza)에 도착했다. 좁은 길을 사이로 두고 허물어진 건물들이 이어졌다. 이 마을은 왜 허물어졌고 황폐화되었을까. 중세 이후 순례자의 급감으로 수도원과 순례자 숙소가 문을 닫은 곳이 많다고 한다. 이 마을도 그중 한 곳일 것이다. 하지만 무너진 건물들의 흉물 사이 사이로 보이는 하얀 구름과 푸른 하늘은, 순례자들의 지친 몸을 달래 주고 있었다.

3시간쯤 오니 멀리 보였던 설산이 어느새 옆에 와 서 있었다. 설산이 옆에 있어서 그런지 바람이 제법 차가웠다. 아내가 사탕 반쪽을 나에게 건네줬다. 힘들고 지루할 때 사탕 반쪽의 맛은 참 상큼했고 보약 같은 역할을 했다. 라바날에 도착하니 따라다니던 설산이 이 도시를 좌우로 내려다보고 있었다. 산 중턱에 위치한 아름다운 산골 마을이었다.

한국의 인영균 신부가 봉사했던 베네딕트 선교회 숙소는, 오후 4시 반에 오픈한다고 했다. 60대 초반쯤으로 보이는 한국인 부부가 밖에서 문이 열리기를 기다리고 있었다. 자기들은 꼭 이 수도원 알베르게에서 묵어야 한다고 했다. 워낙 한국인 순례자들에게 잘 알려진 터라, 우리도 여기서 머물고 싶었다. 하지만 우리에게는 그 시간까지 기다릴 수 있을 만큼 인내심이 남아 있지 않았다. 바로 옆 건물에 문이 열려 있어 무작정 들어갔다.

　마침 영국 성공회에서 운영하는 알베르게였다. 나중에 보니 여기도 도네이션 베이스로 운영하는 곳이었다. 막 늦은 점심 식사를 시작하던 두 여성 봉사자가 우리를 반갑게 맞이했다. 하던 식사를 덮어 두고 벌떡 일어나던 모습이 퍽 인상적이었다. 진정한 호스피탈레라(hospitalera)*처럼 보였다.(*카미노 순례자 숙소에서 순례자들을 돕고 봉사하는 사람들을 '호스피탈레로(hospitalero)' 또는 '호스피탈레라(hospitalera)'(여성형)라고 부른다. 이들은 순례자들에게 숙소를 제공하고, 식사를 준비하거나 청소를 돕는 등 다양한 방식으로 봉사하고 있다. 대부분 자원봉사자로 활동하며, 과거에 순례를 완주한 경험이 있는 사람들이 많다.) 영국에서 왔다는 두 자원봉사자들은 너무 친절했다. 나이가 비슷해 보여서 서로 친구인 줄 알았는데, 나중에 물어보니 쑥스러운 듯 엄마와 딸이라고 알려줬다. 영국에서 2주 동안 훈련을 받고 파견됐다고 했다. 이름을 물어봤더니, 알베르게를 나가자마자 잊어버릴 걸 뭐 하러 물어보냐고 하면서도, 쥴리와 캐서린이라고 알려 줬다. 그들은 왜 순례자들에게 헌신하겠다고 서원했는지는 모르지만, 사명감이 넘쳐 봉사하는 모습이 아름다웠다.

　엄마 봉사자가 본채는 이미 다 찼다면서 별채로 안내했다. 우리는 침대 위에 배낭을 내려놓고 일단 샤워를 했다. 샤워장이 우리 침대와 거의 붙어 있어 다른 사람이 샤워장을 사용할 때 나는 별의별 소리가 다 들렸다.

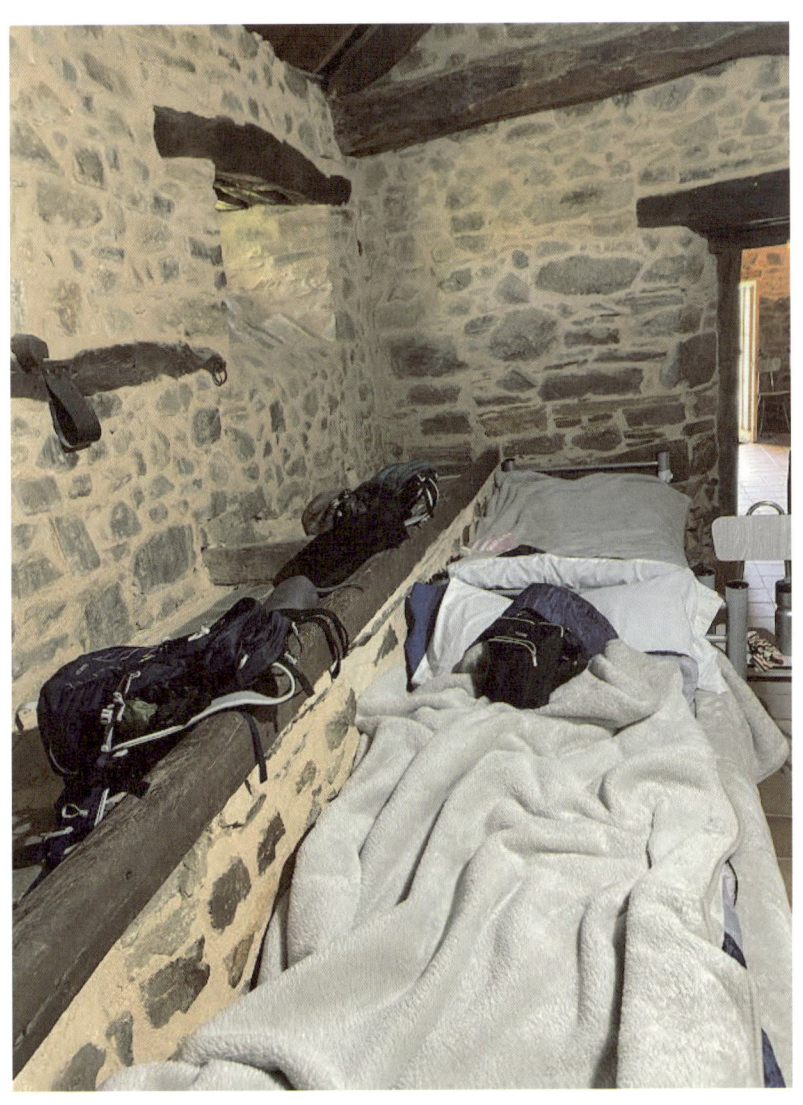

▲ 성공회에서 운영하는 알베르게 별채 내부. 필자와 아내의 침대가 일렬로 붙어 있다.

제2장 생명수의 강을 건너다

안채에 있는 주방 시설에서 이른 저녁으로 우리의 단골 메뉴인 파스타를 해 먹었다. 아내는 뒤뜰에서 여유롭게 그림을 그렸다. 행복해하는 아내를 보니 나도 행복했다. 저녁 8시인데도 해가 중천이었다. 동네를 한 바퀴 돌아봤다. 아름다운 마을이지만 텅텅 빈 집이 수두룩했다. 알베르게와 미니마켓만 열려 있었다.

우리가 묵은 별채는 아마도 옛날에 소 외양간으로 쓰던 건물이 아니었나 싶었다. 나무로 된 출입문은 닫았는데도 반쯤은 열려 있었다. 밤에 자는데 바람 들어오는 소리가 쉬~익 쉬~익 나면서 얼마나 춥던지…. 한방에 투숙했던 한국의 두 젊은 여성 순례자들이 "아이고, 추워."라며 밤새 아우성을 쳤다. 이런 분위기를 카미노가 아니면 어디서 맛보겠냐며 아내는 되레 대만족한 표정이었다. 숙소에서 제공한 질이 좋은 담요 덕분에, 그럭저럭 추위를 견디며 잠은 깊이 잘 수 있었다.

카미노도 삶도 선택의 연속

카미노를 걷다 보면 수없이 많은 갈림길을 만난다. 처음 가는 순례자들에게는 좀 당혹스럽다. 잘못 길을 선택했다가는 무슨 낭패를 볼지 모른다는 불안감이 앞선다. 갈림길에는 대부분 지도를 곁들인 안내판이 있다. 예를 들면 왼쪽으로 가면 짧지만 경사가 가파르고, 오른쪽 길은 평범하지만 길이가 길다라는 식이다.

카미노 첫발을 내디딜 때, 나는 남들이 잘 가지 않는 좀 더 험한 길을 택하리라 마음먹었다. 그때는 영성이 충만했기 때문이었다. 그러나 막상 갈림길에 서보니, 망설여졌다. 대부분 큰 고민하지 않고 쉬운 길을 택했다.

나이 때문일까, 아니면 영성이 옅어진 탓일까. 어쩌면 둘 다일까.

칼사다 델 코토(Calzada del Coto)에서 갈림길이 나왔다. 하나는 엘 부르고 라네로(El Burgo Ranero)를 거쳐 레리에고스(Reliegos)로 이어지는 오리지널 카미노 프랑스 길이다. 이 경로는 고속도로와 나란히 걷는 부분이 많아, 다소 단조롭기는 하나 걷기가 수월하다고 나와 있다. 중간에 마을이 많아 일반 순례자들은 이 루트를 더 좋아한다고 했다. 다른 경로는 일부 구간이 로마 시대에 만들어진 고대 도로를 따라가며, 한적하고 외로운 분위기를 느낄 수 있다고 했다. 좀 더 도전적인 순례자들이라면 이 길을 추천한다고 했다. 이 두 루트는 결국 레리에고스에서 만나게 돼 있었다. 우리는 쉬운 경로인 전자를 택했다.

그다음 날도 갈림길이 나왔다. 사아군에서 출발하여 가다 보면 산티아고를 향하는 고속도로를 만나게 된다. 이 고속도로 위를 지나는 깐또 다리(Puente de Canto)가 있는데, 여기서부터가 갈림길이었다. 한쪽은 칼사디야 데 로스 에르마니요스(Calzadilla De Los Hermanillos) 루트(24.5킬로

미터)고 다른 쪽은 엘 부르고 라네로(El Burgo Ranero) 루트(19킬로미터)
다. 두 개의 루트를 다 갈 수는 없었다. 첫 번째 루트는 좀 길고 외롭지만,
고대 로마 길을 끼고 있어서 역사적인 분위기를 느낄 수 있다고 했다. 두
번째 루트는 좀 더 짧고 편안한 길이었다. 중간중간에 마을, 식수, 카페 등
이 잘 갖춰져 있다고 했다. 많은 순례자들이 이 길을 가고 있어서 우리도
이 길로 갔다.

　카카벨로스(Cacabelos)에서 베가 데 발카르세(Vega De Valcarce)까지
는 약 25킬로미터. 온 천지가 포도밭이었다. 포도 농사를 지어서 그런지 마
을이 좀 부유해 보였다. 집들도 깔끔해 보였고, 여기저기에 기계화된 농기
구들이 세워져 있었다. 베가 데 발카르세 숙소에서 나와 한참 걸어가니 비
야프랑카 델 비에르소(Villafranca del Bierzo) 마을이 나왔다. 이 마을에서
길이 또 갈렸다. 이번에는 세 갈래였다. 난이도가 높은 카미노 두로길, 발
카르세 숲길 그리고 도로 옆길. 이번에도 제일 쉬운 도로 옆길을 택했다.
단조로운 시골길이었지만, 지친 몸과 마음은 자연스럽게 이 길로 발길이
옮겨지게 했다.

제3쿼터

▲ 카미노 곳곳에는 갈림길을 안내하는 표지판들이 많다. 나중에 대부분 한곳에서 만나게 된다.

카미노뿐만 아니라 우리네 삶도 늘 선택의 연속이다. 선택의 순간들은 수도 없이 많겠지만, 그중 지금도 또렷이 나의 기억에 남는 게 하나 있다.

내가 한국에서 신문사에 근무할 때의 일이다. 기자들은 언어 능력이 중요하다며, 회사에서 영어와 일어 중 하나를 선택해서 장기간 연수를 받게 해주었다. 나는 일어를 선택했다. 일본인 선생을 모셔 와 경기도 용인에서 3개월 가까이 합숙 훈련을 하는, 좀 학습 강도가 센 프로그램이었다. 합숙 훈련 중에는 일본어만 써야 했고, 집에는 주말에만 갈 수 있었다. 물론 영어를 선택한 사람들에게도 똑같은 과정을 제공했다. 합숙 훈련이 끝나면 일본어를 선택한 사람은 일본으로, 영어를 선택한 사람은 미국으로 현지 연수까지 보내주는 프로그램이었다. 그때 내가 일본어를 선택한 것은 실수였다. 영어를 선택했었더라면, 미국에 와서 영어 때문에 고생을 덜했을 거라는 생각이 드니까 억울하기까지 했다. 영어보다 일어가 더 쉽다고 생각을 해서 일어를 선택한 게, 이렇게 내 인생에 있어서 큰 마이너스를 가져다 줄 줄이야. 일본에 가면 떠듬떠듬 일본어를 할 수는 있으니, 그나마 위안으로 삼는 수밖에 없다.

성경에서도 선택에 관한 얘기가 나온다. 아브라함의 조카 롯은 당장 보기 좋은 땅인 소돔과 고모라 쪽을 선택했지만, 결국 하나님의 심판을 받게 된다. 그는 가족과 함께 가까스로 목숨만 건져 도망쳤고, 하나님의 명령을 어긴 그의 아내는 소금 기둥이 되고 만다.

카미노에서의 갈림길은 몇 시간 안에 다시 합쳐지곤 하지만, 삶에서의 갈림길은 때로는 한 번의 선택이 평생을 좌우하기도 한다. 우리가 인생을 살면서 선택을 해야 할 순간이 오면 우리는 어떻게 해야 할까.

긴 호흡을 한 후, 하나님께 한 번 여쭈어보는 게 최선의 방법이 아닐까 싶다. 하나님은 항상 모든 것이 합력하여 선을 이루게 하시는 분이니까.(로마서 8장 28절)

평생 친구 아내

아내의 친구가 카미노를 누구랑 가냐고 물었을 때, 아내는 40년 지기 친구랑 간다고 대답했다. 나는 아내의 가장 친한 친구고, 아내는 나의 가장 친한 친구다.

▲ 필자와 아내가 카미노를 마친 후 함께 기뻐하고 있다. 피니스테레에 있는 0킬로미터 표지석을 배경으로 형상화해 그린 그림.

옛날 어느 텔레비전에 〈장수 퀴즈〉라는 프로그램이 있었다. 사회자가 질문을 하면 연세가 드신 할머니와 할아버지가 대답을 하는 형식이었다. 내가 기억하기로는, 그때 사회자는 서세원과 신은경이었다. 사회자가 할머니에게 남편을 한마디로 표현해 보라고 하니까, 할머니가 '평생 웬수'라고 대답하는 바람에 배꼽을 잡고 웃었던 기억이 있다. 나에게는 그 '웬수'라는 말이 '친구'라는 말로 들렸다. 할머니의 그 말속에는, 세월이 스며든 할아버지에 대한 은근한 사랑이 깃들어 있었다.

아내와 처음 만나 결혼할 때는, 우리의 최고의 언어는 사랑이었다. 아이들 낳고 좋고 나쁜 일들을 같이 겪으면서 40년을 살다 보니, 이젠 그 사랑이 우정으로 바뀌었다. 속세의 사랑은 눈을 멀게 할 수도 있지만, 우정은 상대방의 단점에 눈을 감아 주고 서로를 높여 준다. 이게 부부다.

진정한 친구란 그 존재만으로도 편안함을 준다. 내가 공황장애로 시달릴 때, 아내는 모든 일을 던져 놓고 내 옆에 있어 줬다. 바람과 바람 소리가 분리될 수 없듯, 나와 아내도 분리될 수 없는 존재였다.

친구 간의 우정을 잘 나타낸 문학 작품으로는 셰익스피어의 『베니스의 상인』이 있다. 주인공 안토니오와 바사니오의 관계는, 그 유명한 샤일록과의 재판 과정을 통해 더욱 선명해진다. 돈도, 목숨도 아끼지 않고 서로를 위해 내어놓는 모습 속에서, 어떤 의심도 없이 끝까지 신뢰하는 진정한 친구의 모습이 드러난다. 아름다운 친구 이야기는 성경에서도 찾아볼 수 있다. 다윗과 요나단의 관계다. 아버지 사울이 다윗을 죽이려고 혈안이 되어 있는 상황에서도, 요나단은 끝까지 친구인 그를 지켰다. 권력이나 혈연보다 소중하게 간직했던 그들의 우정은 깊은 울림을 주고 있다.

'2% 부족한 음료수' 광고가 생각난다. 완벽한 사람보다는 2% 정도 부족한 사람이 더 멋있고 맛있다. 완벽한 사람은 왠지 거리감이 생긴다. 어딘지 2% 정도 부족해 보이면, 친밀감도 생기고 동료 의식도 느낀다. 부부간에도 완벽한 남편이나 아내보다는, 2% 부족한 상대가 더 좋은 것 같다. 그 2%를 서로의 사랑과 우정으로 채워 주면, 더 완전한 부부가 되지 않을까.

주변에 보면 4~50년 결혼 생활을 하다, 남편이나 아내가 몸이 아파 거의 식물인간이 된 경우를 가끔 본다. 그 아내나 남편은 상대편의 병시중을 힘겹게 하면서도, 상대편이 살아 있는 것만으로도 고맙고 든든하다고 한다. 바로 이런 남편과 아내가, 진정한 친구요 동지가 아니겠는가.

"괜찮아요?", "뭐가요?", "아직 싸우지 않고 잘 다니시냐고요."

카미노 중에 만난 혼자 온 한국 남자와의 대화 내용이다. 부부가 카미노를 같이하면 이혼한다는 말도 있다. 걷다 보면 예민해져서 조그만 일로 서로 싸우다가 이혼으로까지 발전한다는 것. 조금 과장된 말이긴 하겠지만, 충분히 있을 수 있는 일이다. 실제로 카미노에서 한 사람은 앞서서 걸어가고, 한 사람은 뒤에서 걸어가는 부부를 봤다. 그리고 저녁때 알베르게에서 만난다고 했다. 서로가 서로를 방해하고 싶지 않았던 모양이었다. 그래도 혼자 온 것보다는 부부가 함께 같은 공간에 있는 것만으로도 충분히 서로 의지가 되지 않았을까 싶다. 물론 자기의 카미노를 각자 즐기면서 말이다.

가족이나 친구 생일 때 보통 장미 꽃다발을 선사한다. 하지만, 장미꽃만으로 꽃다발로 만들면 너무 단순해 보인다. 안개꽃을 배경으로 꽃다발을 만들면 좀 더 우아하고 왠지 있어 보인다. 우리 부부도 앞으로 살면서 서로

가 안개꽃 역할을 하면서 살 것이다. 서로가 배경이 되어 상대를 돋보이게 해주는 부부, 더욱 아름답지 않은가. 성경 시편 128편 3절에 "네 집 안방에 있는 네 아내는 결실한 포도나무"라고 했다. 성경 말씀대로 나의 아내는 포도를 잘 결실한 포도나무다. 원래 포도나무 가지는 연약해서 지지대 없이는 버티기가 힘들다. 하지만, 나는 그동안 아내에게 든든한 지지대가 돼 주지 못했다. 그럼에도 불구하고 아내란 포도나무는 결실을 잘 맺어 주었다.

나태주 시인의 「풀꽃」

자세히 보아야 예쁘다

오래 보아야 사랑스럽다

너도 그렇다

나에게 아내는 화려한 꽃이 아니라, 무채색의 풀꽃 같은 존재다. 자세히 보고 또 보아도, 아내보다 더 예쁘고 사랑스러운 존재는 이 세상에 없다.

아내의 고백

메세타 지역을 걷고 있을 때였다. 아내가 조심스럽게 "고백할 게 있다."라고 말했다. 나는 순간 놀라 걸음을 멈췄다. 무슨 일인지 궁금했고, 한편으로는 조금 긴장되기도 했다. 아내는 무덤덤한 표정으로 말을 꺼냈다.

"30여 년 전 내가 첫 개인전을 열고 나서 얼마나 부끄러웠는지 몰랐어. 개인전을 할 만큼 그림을 그렇게 잘 그리는 것도 아닌데, 남들한테 전시회를 한다고 떠벌리는 게 너무 미안하다는 생각이 들었어."

아내의 아버지는 아내가 중학교 때 돌아가셨다. 6남매 중 막내였던 아내는 미대에 가고 싶었다. 하지만 공무원이셨던 아버지가 일찍 돌아가시자 집안 형편이 좋을 리가 없었다. 미대를 가려면 미술 학원도 다녀야 했고, 물감과 도구도 사야 했다. 일반 대학보다 훨씬 많은 비용이 드는 게 미술 대학이었다. 아내는 엄마를 설득했다. "내가 미대만 갈 수만 있다면, 평생 행복하게 살 수 있을 것 같아요. 입학할 때까지만 도와주세요." 그 당시만 해도 미대를 가면 굶어 죽기 십상이라고 할 때였는데도 불구하고, 장모님은 막내딸의 꿈을 들어주셨다.

아내의 고백을 듣다 보니, 내가 제일 존경하고 좋아하는 시인 윤동주가 생각났다. 몇 해 전 일본 오사카를 여행할 때, 일부러 윤동주의 시비가 있는 교토 동지사 대학을 찾아갔었다. 그의 시비를 붙들고 사진도 찍었다. 그의 시비는 정지용 시인의 시비와 나란히 세워져 있었다. 윤동주는 그의 대표작 「서시」를 통해서 죽는 날까지 하늘을 우러러 한 점 부끄럼 없기를 바랐다. 그래서 그는 잎새에 이는 바람에도 괴롭다고 했다. 스스로에게 엄격한 윤 시인의 성품이 드러난다. 그런 그가, 일제에 신음하고 있는 조국을 떠나 일본에 유학간 것을 미안해했다. 어려운 상황 속에서도 부모님이 보내준 학비로 생활하는 것에 양심의 가책을 느꼈다. 그래서 그는 쉽게 시가 쓰여지는 것이 부끄럽다고 했다.

윤동주의 「쉽게 씌어진 시」

⟨…⟩

땀내와 사랑내 포근히 품긴

보내 주신 학비 봉투를 받아

대학 노트를 끼고

늙은 교수의 강의 들으러 간다

생각해 보면 어릴 때 동무를

하나, 둘, 죄다 잃어버리고

나는 무얼 바라

나는 다만, 홀로 침전(沈澱)하는 것일까?

인생은 살기 어렵다는데

시가 이렇게 쉽게 씌어지는 것은

부끄러운 일이다

⟨…⟩

부모님 땀내 묻은 학비 봉투, 멀어진 어릴 적 친구, 조국, 그리고 일본이라는 침략자의 나라…. 얼마나 가슴이 찢어지는 기억들과 상념이 윤동주를 힘들게 했을까.

아내는 전시회를 할 때마다 윤동주와 같은 마음이었을 것이다. 그래서 엄마와의 약속을 지키기 위해, 지금도 그림을 그리고, 또 그리고 있나 보다. 아내는 그림을 그릴 때면 피곤한 줄 모른다. 마치 그림을 그리기 위해 태어난 사람처럼, 하루 종일 붓을 놓지 않을 때도 있다. 카미노에서도 지친 발을 끌며 걷다가도, 멋진 풍경만 나타나면 아내는 어김없이 멈춰 섰다. 그리고 수채화 물감과 도구를 꺼냈다. 아무리 좋아하는 일도 반복해서 하면 지겨울 법한데…. 옆에서 지켜보는 내가 되레 질릴 정도였으니까.

▲ 카미노 중에도 아내는 틈만 나면 쉬는 시간을 아껴 그림을 그렸다.

제2장 생명수의 강을 건너다

그림도 인생도 힘 빼기부터

푸엔테 데 라 레이나(Puente de la Reina)에서 아예귀(Ayegui)까지 가는 날이었다. 레이나를 벗어나기 위해서는 왕비의 다리(Puente de la Reina)를 지나가야 했다. 다리의 이름이 곧 마을의 이름이다. 아르가 강(Río Arga)을 건너는 이 다리는, 로마네스크 양식으로 지어졌으며, 여섯 개의 아치형 구조로 설계되어 있다. 길이는 110미터쯤 되는데, 카미노의 대표적인 랜드마크 중 하나다.

▲ 왕비의 다리를 그리고 있는 현정숙 화가. 뒤에서 지나가던 순례자들이 구경하고 있다.

▲ 왕비의 다리 위에서 지나가던 순례자들이 손을 흔들고 있는 모습.

　11세기 초, 나바라 왕국 산초 3세(Sancho Ⅲ)의 왕비인 마요르(Mayor)가, 순례자들이 강을 안전하게 건널 수 있도록 다리를 지을 것을 명령했다고 해서 왕비의 다리라고 불리고 있다고 한다. 중세와 현세를 연결해 주는 다리다. 이 다리는 주변 마을과 조화를 이루며 아름다운 풍경을 연출하고 있었다.

　카미노 5일 차라 아직은 다리도 마음도 싱싱했던 터라, 이 다리를 그냥 지나칠 수는 없었다. 다리 아래로 내려가 아내는 수채화 도구를 주섬주섬 꺼냈다. 나는 도화지 위에서 물과 물감이 번지고 퍼지는 묘기를 열심히 찍어 댔다. 다리 위에서는 지나가는 사람들이 양팔을 벌리고 휘저으며 아내에게 파이팅을 외쳤다. 다리 위를 지나가던 어떤 서양인 커플은 아내의 그림 그리는 모습을 보기 위해 일부러 다리 아래로 내려와 원더풀을 선사하고 갔다.

　수십 년간 유화만 그리던 아내는 요즘 수채화에 몰두하고 있다. 유튜브를 시작하면서부터다. 유화는 시간이 오래 걸리지만, 수채화는 빠르면 20~30분에 한 작품을 완성할 수 있다. 아내가 수채화를 그릴 때 옆에서 보면, 손목과 손가락에서 힘을 빼는 게 가장 큰 힘이라는 걸 이미 터득한 듯하다. 수채화는 물에 물감이 섞여 힘 있게 번져 가야 할 때와, 멈춰야 할 때를 잘 가늠해야 한다. 붓의 감각, 종이의 감각, 물과 공기의 감각, 그리고 시간의 감각까지 조절해야 한다. 이런 때 힘의 절제가 필요한 것 같았다. 물에 섞인 물감의 밀도가 높아지면, 물감은 더 이상 흐르지 않고 그림은 거기서 마무리된다. 물기가 마르면 표면 장력이 사라져 그림은 거기서 종결된다.
　아내의 제자들은 수업 시간에 그림을 그리다가, 아내가 와서 터치를 한 번 해주면 그림이 완전히 바뀐다고 탄성을 지른다. 나는 그림을 잘 모르지만, 아내는 힘을 뺀 터치를 하고, 제자들은 아직 손과 어깨에서 힘을 덜 뺀 터치의 결과일 것으로 추측된다. 골프도 몸에서 힘을 빼는 훈련을 3년은 해야 공이 제대로 맞는다. 수영, 테니스 등 모든 운동이 몸에서 힘을 빼야 잘할 수 있다.

인간의 삶 속에서도, 힘을 빼고 산다는 건 말처럼 쉬운 일이 아니다. 우리는 본능적으로 뭔가를 쥐고 싶어 하고, 남을 통제하고 싶어 한다. 내가 잘하고 있다는 확신이 있어야 안심이 되고, 누군가보다 나아 보여야 덜 불안하다. 자기 뜻대로 되지 않으면 불편해하고, 자기 힘으로 이뤄낸 걸 자랑하고 싶어 한다. 그래서 자연스럽게 어깨에 힘이 들어가고, 긴장하면서 살게 된다. 그런 인간의 본성을 거슬러 힘을 뺀다는 건, 어쩌면 평생을 걸쳐 훈련하고 다듬어도 힘든 일인지도 모른다. 깊은 자기 수양이 없이는 쉽게 되지 않는 일이다.

바울도 처음엔 힘을 잔뜩 주고 살았던 사람이다. 율법을 누구보다 철저히 지켰고, 스스로 자만하며 살았다. 그런데 다메섹 길 위에서 눈이 멀고 나서야, 자신 안에 있던 교만이 무너져 내렸다. 그때부터 그는 자기 힘이 아니라 하나님의 은혜에 기대어 살았다. 예전의 잘못을 부끄러워하며 회개했고, 그 뒤로는 예수님의 말씀대로 살다가 순교했다. 바울의 변화는 단순히 하나님을 믿게 된 것뿐만이 아니라, 교만했던 본성이 완전히 무너져 내리는 것으로부터 나왔다. 나뿐만 아니라 많은 사람들은 머리로는 힘을 빼야 한다는 걸 알고 있다. 하지만 막상 현실 앞에서는 또다시 어깨에 힘이 들어간다.

모든 걸 내가 계획하고 내가 주관하려는 욕심을 내려놓는 일, 그리고 어깨에 힘을 빼고 마음을 비우는 법을 배우는 것, 그게 바로 카미노가 나에게 주는 교훈이자 은혜가 아닐까.

야만인이 되다

칼사디야 데 라 쿠에사(Calzadilla de La Cueza)에서 사하군(Sahagun)까지 가는 날이었다. 어느덧 카미노도 중반쯤에 접어들었다. 몸과 마음은 아직은 평온했다. 그런데, 그 균형이 갑자기 깨지기 시작했다. 아랫배가 부글부글 난리가 난 것. 아침에 출발하면서 카페에서 마신 커피가 문제의 원인이었다. 나는 원래 블랙커피만 마셔, 블랙커피를 시켰는데 카페 주인장이 우유를 섞은 커피를 내왔다. 커피와 우유는 내 배 속에 들어가면 공존하지 못한다. 반드시 한쪽이 한쪽을 공격한다. 블랙커피를 마시면 아무 문제가 없는 걸로 봐서, 우유가 커피를 못살게 구는 것 같다. 다시 만들어 달라고 할까 하다가 괜찮겠지 싶어 그냥 마신 것이다.

양쪽으로 밀밭이 펼쳐진 길에는 앞에도 뒤에도, 혼자서 또는 그룹으로 순례자들이 타박타박 걸어가고 있었다. 뱃속에서 전쟁을 겪고 있는 나와는 달리, 그들의 걸음걸이는 매우 여유 있어 보였다. 아직은 봄이라서 키가 덜 자란 초록 밀밭은, 숨어서 일을 볼만한 마땅한 장소를 찾기가 어려웠다. 길은 멀고, 마을은 안보이고, 당혹감과 초조함이 평온했던 나를 뒤집어 놨다. 걸음걸이는 빨라졌고, 나의 표정은 점점 굳어졌다.

마침 오른쪽으로 구부러지는 길 반대편 밭두렁에, 높이 2미터쯤 되는 나무와 덤불이 보였다. 뛰어갔다.

일을 본 후, 땅바닥에 아무렇게나 급하게 내던져 놓은 배낭을 다시 둘러메고, 뒤도 안 돌아보고 잰걸음으로 빠져나왔다. 범행 현장을 가능하면 빨리 떠나고 싶은 범인의 심정이 이러하리라.

▲ 카미노에서의 인간의 생리 현상은 곧 자연과 함께 굴러가기 마련이다.

자신의 야만성을 '순례자'라는 이름으로 합리화시키는 건, 그리 어려운 일
이 아니었다. 그동안 자존심 있는 척, 잘난 척하며 살아왔던 모습은 순식간
에 사라졌다. 나는 더 이상 체면 있는 사람이 아니었다. 생리상 급해서 그런
것 같고 웬 수다냐고 할 수도 있겠지만, 나는 자유로움을 느꼈다. 뭔가 나의
내부에서 부서졌고, 뭔가 풀리는 듯했다. 그동안 척하며 살아왔던 것들이
얼마나 허상인지 알 수 있을 것 같았다. 문명도 허세도 내려놓고 나니 왠지
마음도 뱃속만큼이나 한결 가벼워졌다. 카미노는 이런 뜻밖의 일들로 자신
을 비워가는 여정이기도 했다. 다행히도 내내 한 가지 옷만 입고 다니고, 면
도도 하지 않아 바퀴벌레처럼 생긴 나를 아무도 신경 쓰지 않았다.

〈더 웨이(The Way)〉라는 영화에 재미있는 장면이 있다. 남자 세 명과 여자 한 명이 우연히 한 그룹이 돼서 같이 걷는다. 남자 세 명이 소변을 보는 동안, 여자 한 명이 망을 봐준다. 여자가 소변을 볼 때는 남자 세 명이 나란히 서서 망을 본다. 순례길을 함께 걸으며 생기는 진솔한 경험과, 동행자들 간의 유대감을 익살스럽게 표현한 영화다.

카미노에서의 생리 현상은 자연과 함께 굴러갔다. 나는 남자니까 소변은 그럭저럭 해결한다고 치자. 아내가 문제였다. 그런데 걱정할 건 없었다. 영화의 장면처럼 내가 망을 봐주면 되었다. 여기는 카미노니까 모든 게 용서가 된다. 큰 거가 좀 문제이긴 한데, 그것도 자연과 한 몸이 된다고 자기 합리화하면 된다. 스페인 정부가 카미노 중간에 간이 화장실을 만들어 줄 리가 없으니까.

소설가 김훈은 그의 에세이집 『자전거 여행』에서 "똥을 누는 것은 배설물을 밖으로 내보내는 자유와 해방의 행위다. 거기에는 서늘함과 홀가분함이 있어야 한다."라고 했다. 그는 선암사 화장실이 그런 최적의 환경이라고 했다. 심지어는 내세에는 선암사 화장실에서 만나자고까지 했다. 배설을 이렇게 아름답게 묘사한 사람은 처음 봤다. 선암사 화장실은 칸막이벽이 높지 않아 쭈그리고 앉아 있는 사람의 머리통이 옆 칸에서 보인다고 한다. 화장실 건물이 주변보다 높고 뚫려 있어서 바람도 잘 통한다고 한다. 한국에 가면 꼭 한번은 들러 볼 곳이 하나 더 생겼다. 선암사 화장실보다는 못하더라도 대자연의 품에 앉아 배설하는 멋, 자연 화장실도 한번 즐겨 볼 만하지

않겠는가. 스페인은 습기가 적고 바람이 솔솔 불어 냄새도 덜 난다. 유쾌하

지는 않지만 굳이 피할 이유도 없다.

⌣

영성의 길

필요할 때 항상 예비하시는 하나님

아내와 50년 지기 친구인 K와 헤어짐이 아쉽다며, 우리는 레온에서 하루를 더 묵었다. 마침 예정보다 하루 일찍 도착한 덕분에 가능했다. 아내는 1년에 한 번씩 한국을 방문하는 그녀와, 내년에 다시 조우하기로 약속했다. 우리와 K는 함께 음식도 해 먹고 맥주도 마시며, 1년 동안의 수다를 열흘 동안 미리 다 떨었다. 아침에 K와 아쉬운 작별을 하고, 아내와 나는 비야당고스 델 파라모(Villadangos del Páramo)를 향해 출발했다.

그런데 문제가 생겼다. 오늘 아침, 또 실수를 저질렀던 것. 오면서 카페에 들러 라떼 커피를 마셨다. 자연 화장실 사건이 있었음에도 불구하고, 우유와 커피와 함께 내 배 속에 들어오면 전쟁이 난다는 것을 깜빡한 것이다. 배가 또 부글거렸다. 이번엔 도심이라서 지난번보다 더 상황이 급박했다. 레온은 워낙 큰 도시라, 도심을 빠져나오는 데만 1시간 반쯤 걸린다. 그런데 아직 도심의 반도 벗어나지 못한 상태였다.

이른 아침이라 거리엔 인적이 드물었다. 앞뒤로 드문드문 배낭을 짊어진 순례자들만이 인도를 따라 한쪽 방향으로 묵묵히 걸어가고 있었다. 배 속은 계속 꿈틀거렸고 식은땀까지 흘렸다. 점점 정신이 아득해졌고 거의 패닉 상태에 빠졌다. 도심 한복판, 이 큰길에서 도대체 어쩌란 말인가. 스페인 도심에서 화장실 찾는 건 하늘의 별 따기다. 한국처럼 공용화장실이 거의 없다. 화장실에 관한 한 한국은 세계 최고의 선진국임에 틀림없다. 그때였다. 인도 왼편에 벽돌로 지어진 구조물이 눈에 들어왔다. 쓰레기 하치장처럼 보였는데, 양쪽으로 사람 한 명이 들어갈 만한 공간이 있었다. 조심스레 들어가 보니, 거의 준 화장실 수준이었다. 나와 같이 급했던 사람들이 꽤 있었던 모양이었다. 할렐루야!

이 절체절명의 순간, 이 벽돌 구조물을 눈앞에 나타난 게 과연 우연이었을까. 아니다. 그건 하나님이 나에게 마련해 주신 '긴급 대피소'였다. 이른 아침이라 지나다니는 사람도 없었다. 아내는 멀찌감치 앞에서 못마땅한 표정으로 서서 나를 기다리고 있었다. 하나님은 때로, 우리가 전혀 기대하지 못한 장소에, 가장 절박한 순간을 위해 피난처를 예비해 두신다는 것을 새삼 느꼈다. 어쨌든, 또 한 번의 위기를 카미노라는 이름 아래 무사히 넘겼다. 이번 카미노를 마치고 나면, 늘 예비하시는 하나님께 내 삶의 전권을 위임하는 '권리 양도 증서'에 서명이라도 해야겠다.

"사람이 감당할 시험밖에는 너희가 당한 것이 없나니 오직 하나님은 미쁘사 너희가 감당하지 못할 시험당함을 허락하지 아니하시고 시험당할 즈음에 또한 피할 길을 내사 너희로 능히 감당하게 하시느니라."(고린도 전서 10장 13절)

비바람 치던 날, 성령이 임하다

스페인의 4월은 본디 비가 잦다고 했다. 하지만 '용서의 언덕'을 오르던 날, 거센 비바람을 한차례 맞은 후로 열흘 넘게 단 한 방울의 비도 없었다. 아내 친구 K는 농담 삼아 말했다. 독일 속담에 "누가 오자마자 비가 그치면 그 사람을 천사라고 부른다"는 이야기였다. 이 말에 나는 잠시 천사라도 된 듯한 착각이 들었다.

그러나, 그 착각은 오래가지 않았다. 카미노 16일 차, 이테로 데 라 베가 (Itero de la Vega)를 떠나는 아침이었다. 하늘은 잔뜩 흐려 있었고, 이내 비가 내리기 시작했다. 바람도 거세게 불었다. 우리는 배낭에서 우비를 꺼냈고, 각반을 착용했다. 오랜만에 쓰는 장비들이 반가웠다. 소풍 가는 초등학생처럼 우리는 들떴고 재미있어 했다. 비바람은 얼굴을 때렸고, 우비에 부딪히는 빗방울 소리는 마치 전진을 재촉하는 북소리 같았다.

이즈음, 나는 순례자로서의 초심이 조금씩 흐려지고 있었던 때였다. 카미노 대도시의 화려한 성당과 건축물들을 마주할 때마다 '종교란 누구를 위해, 무엇을 위해 존재하는가?'라는 의문이 서서히 고개를 들기 시작하던 시점이기도 했다. 돌로 빚은 첨탑, 금빛 제단, 성인들의 정교한 조각상에 사람들은 감탄했다. 하지만, 나의 신앙은 흙먼지 날리는 오솔길 위에서 더 생생했다. 현란한 건축물 보다는 내 안에서 조용히 그분의 목소리를 듣고 싶었다. 땀과 고단함 속에서 작아진 나를 통해 예수를 마주하고 싶었다. 그러던 중, 다시 대자연의 섭리에 맞서게 되었고, 그 안에서 나는 다시 순례자의 마음을 되찾아 갔다. 구름은 낮게 깔려 있었고 하늘과 땅의 경계가 없어진 듯했다.

▲ 비바람이 치던 날 걸으면서 성령이 임하는 경험을 했다.

비바람 속을 걷다 보니 문득, 예수님이 골고다 언덕에서 겪으셨던 고난이 떠올랐다. 내가 지금 맞고 있는 이 비바람은 십자가의 고통과는 비교조차 되지 않겠지만, 그분과 함께 하고 있다는 느낌이 마음속에 스며들었다. 지금 걷는 이 길이 하나님이 나와 동행하는 거룩한 길이라는 생각에, 바람소리도 빗방울 부딪치는 소리도 귀에 들리지 않았다. 그 순간, 가슴 가장 깊은 곳에서, 말로 다 설명할 수 없는 뜨거운 무언가가 차오르기 시작했다. 입에서는 찬송가가 흘러나왔고, 발걸음은 더 이상 무겁지 않았다. 몸에 에너지가 넘쳐흘렀다. 성령이 내 영혼 위에 임한 것이었다. 눈에 고인 눈물을 아내에게 들킬까 봐, 나는 일부러 빠른 걸음으로 앞장서 나갔다.

이런 순간이 올 때마다 내가 부르는 찬송가가 있다.

은혜

내가 누려 왔던 모든 것들이/내가 지나왔던 모든 시간이
내가 걸어 왔던 모든 순간이/당연한 것 아니라 은혜였소
아침 해가 뜨고 저녁의 노을/봄의 꽃향기와 가을의 열매
변하는 계절의 모든 순간이/당연한 것 아니라 은혜였소
모든 것이 은혜 은혜 은혜/한없는 은혜
내 삶에 당연한 것 하나도 없었던 것을/모든 것이 은혜 은혜였소

한참 가다 뒤를 돌아보니, 비 오는 밀밭 길을 배경으로, 팔레트에서 막 튀어나온 듯한 한 명의 천사가 판초를 뒤집어쓰고 나를 향해 손을 흔들며 다가오고 있었다.

특별하고 은혜로운 알베르게

오늘도 하루 종일 비가 내렸다. 판초를 입었다, 벗었다를 수없이 반복했다. 발바닥은 바늘에 찔리는 듯 아팠고, 왼쪽 종자골은 욱신거렸다. 허리는 여전히 기분 나쁘게 뻐근했고, 종아리는 퉁퉁 부어 있었다. 나는 걸어 다니는 종합 병동이었다.

모르가데(Morgade)에서 링고데(Ligonde)까지 가는 33일 차. 오늘 알베르게도 전화로만 예약했는데, 아픈 몸 때문에 예정된 시간보다 늦게 도착할 것 같아 불안했다. 오는 도중, 늦을지도 모른다는 내용을 핸드폰을 통해 이메일로 미리 보냈었다. 빗물에 젖은 생쥐 모양을 하고, 절룩이는 다리를 억지로 달래며 거의 뛰다시피 걸었다. 도착했을 때, 나의 사지는 밀가루 반죽처럼 흐물흐물해져 있었다. 다행히 알베르게 측에서는 이메일을 확인했고, 고맙게도 우리를 기다리고 있었다. 보통 같았으면 먼저 도착한 순례자에게 침대를 내줬을 가능성이 크지만, 이곳은 달랐다.

호스피탈레로는 30대쯤 되어 보이는 젊고 잘생긴 남자였는데, 인상도 좋았고, 작은 목소리로 속삭이듯 말했다. 고생했다며 그가 권한 커피 한 잔이, 그날 하루 중 가장 따뜻한 위로였다. 이런저런 이야기를 나눈 뒤, 그가 우리 침대를 안내해 주었다. 침대 방을 보고 처음엔 조금 당황했다. 이층 침대가 대부분인 다른 알베르게와는 달리, 간이침대 일곱 개가 다닥다닥 놓여 있었다. 성인 남자가 서면 천장에 머리가 닿을 만큼 낮은 다락방이라서 이층 침대를 놓을 수가 없었다. 침대 사이 간격은 고작 30센티미터 남짓. 다섯 개는 이미 누군가가 차지하고 있었고, 남은 두 개가 아내와 나를 기다리고 있었다.

포로수용소가 따로 없었다. 순간, 잘못 왔다는 생각이 들었다. 리뷰 평가가 좋아 어렵게 이메일로 예약했건만, 기대했던 모습과는 거리가 멀었다. 숙박비는 따로 없었고, 다음 날 나갈 때 도네이션을 하면 된다고 했다. 카미노에는 가끔 이런 도네이션 베이스 알베르게가 있다. 공립 알베르게, 수도원, 그리고 여기처럼 독특한 분위기를 지닌 곳들. 샤워를 마치고 짐을 정리하고 있는데, 일층으로 모두 모이라는 안내가 있었다. 오늘의 일정과 이 알베르게에 대해 설명해 주었다. 뭔가 색다른 곳이라는 느낌이 들었다. 처음에 보여준 것은 한 편의 영화였다. 집 안에 사람이 많아 예수님을 만날 수가 없게 되자, 지붕을 뚫고 중풍 환자를 예수님 앞으로 내려보내는 내용이다.(마가복음 2장 1절~5절) 기독교인이라면, 이 장면에서 마음이 조용히 뜨거워지기 시작한다. 예수는 "그들의 믿음을 보시고…." 병을 낫게 해주신다. 아무리 절망적인 상황에서도 오직 믿음만이 구원을 받을 수 있다는 일화다.

저녁 메뉴도 매우 간단했다. 수프, 샐러드, 그리고 빵이 전부였다. 허기진 순례자에게는 아쉽게 느껴질 수도 있는 양이었지만, 이곳엔 검소함과 절제의 분위기가 자연스레 배어 있었다. 자원봉사자는 모두 아홉 명이었고, 순례자는 일곱 명이었다. 무전여행을 실천하기 위해 도네이션 알베르게만 찾아다닌다는 영국인 로버트, 네덜란드에서 온 젊은 여교사, 이탈리아인 남성 세 명, 그리고 우리 부부가 전부였다. 처음부터 같이 온 줄 알았던 이탈리아인들은 카미노에서 만나 동행 중이라고 했다.

▲ 과거에 돼지 축사였던 공간을 개조해 만든 알베르게. 뒤에 허리를 구부리고 서 있는 사람이 호스트.

제2장 생명수의 강을 건너다

저녁 식사 시간, 순례자 일곱 명과 자원봉사자 일부가 한자리에 모였다. 나머지 봉사자는 테이블 서빙을 했다. 식사를 마치고는 각자가 본인을 소개하는 시간을 가졌다. 자기는 왜 카미노에 왔으며, 이 길을 다 마치고 나면 어떤 생각을 갖고 살 거라는 등 뻔한 얘기들을 나누었다. 호스트는 오바마 전 대통령을 떠올리게 하는 흑인 남성이었는데, 이 알베르게가 원래는 돼지 축사였다는 이야기를 들려주었다. 지금 우리가 앉아 있는 일층은 과거 돼지우리였고, 이층은 축사 주인이 살던 공간이었다고. 겨울에는 돼지 오물에서 나오는 열기로 난방을 했다고 했다. 그는 이 건물을 1999년에 사들여 알베르게로 바꾸었다. 본래의 전통적인 순례자 쉼터를 제공하고자 시작을 했고, 지금까지 운영해 오고 있다고. 그의 말처럼, 이곳은 단순히 잠만 자는 공간이 아니었다. 중세 순례자의 정신을 되살리려는 노력이 곳곳에 배어 있었고, 그 덕분에 우리도 잠시 옛 순례자가 된 듯한 기분을 느꼈다. 자원봉사자들은 스페인뿐 아니라 유럽 각지에서 왔고, 각자의 삶을 살아가며 일정 기간 휴가를 내어 봉사하러 이곳에 온 이들이었다. 그래서 그런지, 어머니 뱃속에 있을 때부터 교육을 받고 태어난 듯, 모두 친절이 몸에 배어 있었다.

다음 날 아침, 나갈 준비를 하다가 깜짝 놀랐다. 호스트가 일곱 명의 순례자 각자에게 노란색 엽서에 손 편지를 써 놓았던 것이다.

"Dear Young, it was a pleasure to meet you⋯."

"Dear Jung, thanks to be our guest⋯."

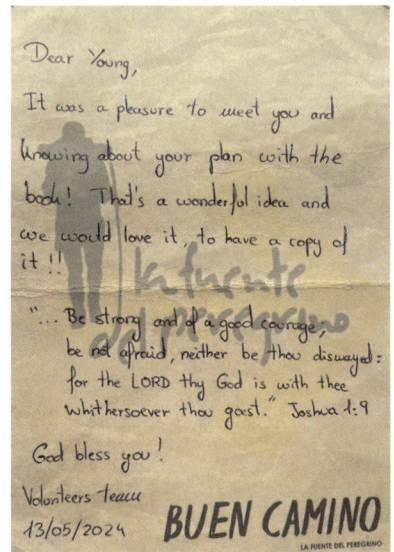

▲ 알베르게 호스트가 필자와 아내에게 써 준 손 편지.

이 편지를 읽는 순간, 예수님께서 이 알베르게에 함께 계셨다는 생각이
들었다.

시작과 끝은 십자가

프랑스 길에서 세 개의 고지를 꼽는다면, 첫 번째는 피레네산맥, 두 번
째는 용서의 언덕, 그리고 마지막은 폰세바돈의 철의 십자가가 있는 언덕
일 것이다. 철의 십자가(Cruz de Ferro)는 라바날 델 카미노(Rabanal del
Camino)와 몰리나세카(Molinaseca)의 중간 즈음, 1,500미터가 넘는 고지

대에 위치해 있다.

카미노 26일 차. 몸도 마음도 지칠 만큼 지친 상태여서 언덕을 올라가는 게 쉽지 않았다. 오르막은 생각보다 가팔랐고, 발은 마치 돌을 매단 듯 무거웠다. 라바날 알베르게에서 출발해서 철의 십자가까지는 6킬로미터. 오를수록 활엽수는 점점 사라지고 침엽수들이 많아졌다. 지대가 높다 보니, 늦은 봄인데도 주변의 봉우리들에는 하얀 눈이 아직 남아 있었다. 걸어도 걸어도 설산은 저 멀리서 계속 따라오고 있었다. 깊은숨을 몰아쉬며 걷다 보니 어느 순간, 눈앞에 철의 십자가가 나타났다.

엄청나게 규모가 큰 십자가를 기대했었는데 생각보다는 작았다. 5미터 정도 높이의 떡갈나무 원통 기둥 위에 철로 만든 십자가를 얹어 놓았다. 많은 순례자들이 집에서부터 가져온 돌이나, 본인만의 상징물을 놓고 소원을 빈다는 장소다. 십자가 앞에 이 물건들을 내려놓고 기도하면 하나님이 그 기도를 들어주신다고 했다. 우리도 출발하기 전에 돌이나 쪽지에 뭔가를 미리 써 올까 했다가 그만두었다.

5/07 Day-26km~~

cruz de ferro.
cross. 철의 십자가

▲ 철의 십자가 앞에서 필자가 잠시 기도를 드리고 있다.

제2장 생명수의 강을 건너다

215

기독교인이든 불교인이든 또는 어느 종교든, 인간의 마음속 깊이 뿌리박혀 있는 기복 신앙은 크게 다르지 않은 것 같다. 심지어 신앙이 깊은 사람들조차도 이 기복으로부터 자유롭기는 쉽지 않다. 이는 인간의 연약함에서 비롯되는 자연스러운 감정이기는 하다. 하지만, 진정한 신앙인은 신앙의 본질이 무엇인지 계속 질문하고 훈련하는 노력이 필요하다. 인간이 갖는 고통과 실패 그리고 죽음의 의미를 진지하게 성찰하는 자가 진정한 신앙인이 아닐까 싶다.

십자가 아래에 돌무더기가 수북이 쌓여 있다고 들었는데, 그렇게 많지는 않았다. 수많은 순례자들이 계속 뭔가를 가져다 놓고 가기 때문에, 아마도 관리 사무소에서 정기적으로 치우지 않았나 싶었다. 이 철의 십자가는 단순한 기념물만은 아니다. 중세부터 있었던 이곳은, 순례자들에게 중간 점검을 하며 끝까지 완주할 수 있게 기원하는 장소로도 쓰였다고 한다.

철의 십자가 쉼터에 있는 의자에 앉았다. 서늘한 바람이 지친 몸을 달래주었다. 앞에 우뚝 선 십자가가 묵묵히 우리를 바라보고 있었다. 나도 조용히 십자가를 올려다보았다. 문득 십자가가 우리 삶에 어떤 의미가 있을까라는 생각이 들었다. 예수를 믿지 않는 사람들에게는 이 십자가는 단지 '나무와 철로 된 구조물' 정도로만 보일 것이다. 그리고 십자가가 갖는 의미를 이해하려고도 안 할 것이다. 하나님을 직접 경험하기 전에는, 그 깊은 뜻을 알 수 없을 테니까. 하지만, 우리에게 십자가는 단지 종교적인 상징만은 아니었다. 그건 아픔이었고, 때론 바닥에서 다시 일어설 수 있었던 힘의 원천이었다.

'그가 찔림은 우리의 허물 때문이요.

그가 상함은 우리의 죄악 때문이라.'

이사야서 53장 5절 내용으로 만든 찬양 가사다.

'죄의 삯은 사망'이라고 하신 하나님은, 인간의 죄를 그냥 놔두고 넘어갈 순 없었다. 그리하여 선택하신 것이, 자신의 독생자를 대신 십자가에 못 박아 죽이신 것이다. 얼마나 인간을 사랑하셨으면 이렇게까지 하셨겠는가. 그래서 십자가는 심판이고 사랑이며 공의인 것이다. 로마 시대에 십자가에 처형하는 것은 최대의 형벌이었다. 형벌을 받는 자는 극심한 고통과 대중에게 돌팔매질을 당하는 모욕과 수치를 당했다. 이런 십자가에 예수님이 처형을 당하신 것이다.

'그가 징계를 받음으로 우리가 평화를 누리고

그가 채찍을 맞음으로 우리가 나음을 받았도다.'

얼마나 찡한가. 교회 성가대에서 이 찬양을 부를 때면 눈물을 쏟아내곤 했다.

나와 같은 교회에 다니는 한 부부가 있었는데, 남편이 암으로 세상을 먼저 떠났다. 부부는 제법 큰 비즈니스를 함께 운영해 왔고, 아이들 결혼 문제 등 모든 중요한 문제들을 늘 둘이 상의해서 결정해 왔었다. 아내의 슬픔은 말로 다 하지 않아도 충분히 짐작이 갔다. 앞으로 모든 것을 혼자 감당해야 한다는 두려움 속에서 살아가던 어느 날, 그녀는 기도 중에 문득 이런 생각이 들었다고 했다. '예수님은 내 죄를 대신 짊어지고, 십자가에 매달려 엄청난 고통을 당하셨는데, 나의 이 정도 고통쯤이야…' 이 고백 이후, 그녀는 십자가를 생각하며 힘든 일상을 견뎌내고 있다. 모든 걸 하나님의 뜻으로 받아들였다. 이것이 바로, 예수를 믿는 자에게 십자가가 주는 위로의 힘이다.

하나님의 법칙, 어제는 최상 오늘은 최악

목적지인 산티아고까지 391킬로미터가 남았다는 노란 화살표 안내판이 보였다. 이제 절반은 온 셈이다. 오늘 목적지는 사하군(Sahagún). 수도원을 개조한 알베르게가 있다고 해서 전화로 예약을 했다. 이런 종류의 숙소에서 한 번쯤은 자 보고 싶었는데, 마침 예약이 됐다.

사하군으로 들어가는 길, 왼쪽에 줄지어 서 있는 미루나무들은 마치 순례자를 맞이하는 의장대처럼 보였다. 오른쪽 아래로는 시냇물이 졸졸 흐르며, 은은한 배경 음악을 깔아 줬다. 전형적인 스페인 시골 마을 풍경이 정겹게 펼쳐졌다.

알베르게에 오후 2시경에 도착할 수 있다고 말해 놨는데, 예정보다 1시간 정도 늦고 말았다. 조급한 마음을 안고 숙소 입구에 도착해 보니 문이 굳게 닫혀 있었다. 흰 A4 용지에 '방 없음(No Rooms Available)'이라는 문구가 붙어 있었다. 가슴이 철렁 내려앉았다. 도어 벨을 누르니 다행히도 신부 복장을 한 사람이 문을 열어 주었다. 나는 죄송스러운 표정을 지으며, 전화로 예약을 했다고 했다. 예약받은 명부에서 이름을 확인하더니 환하게 웃으며 반갑게 맞이해 줬다. 나중에 알고 보니 그는 신부가 아니고 브라더였다.

안으로 들어서자 여러 명의 자원봉사자들이 분주하게 움직이고 있었다. 모두 얼굴에 미소가 붙어 있었고 몸에는 친절이 배어 있었다. 상당한 훈련을 받은 봉사자들이라는 생각이 들었다. 영국식 영어를 하는 키 크고 세련된 여성도 있었고, 스페인어를 하는 약간 뚱뚱한 여성도 있는 걸 보니 여러 나라에서 온 것 같았다. 옛 수도원이라서 그런지, 석조 건물이 육중한 무게감과 장엄한 웅장함을 동시에 풍기고 있었다. 중세 시대에 건축된 듯한 이층 건물이었다. 복도가 상당히 넓고 구조가 개방돼 있었다. 방들은 호텔식으로 복도 양쪽에 배치돼 있었는데, 아마 옛날에 수도사들의 방으로 썼던 모양이었다.

아내와 나, 그리고 K를 보더니 관계를 물어봤다. 가족이라고 했더니, 봉사자는 반신반의하는 것 같았다. 다른 봉사자와 몇 마디 상의를 하더니, 별 의심 없이 3인실을 내어 줬다. 거짓말을 하기는 했지만, 아내 여고 시절부터 친구였던 K는 우리에겐 가족이나 다름이 없었다. K와 아내는 서로 지구 반대편에서 살고 있음에도 불구하고 거의 매일 카톡으로 전화를 하고 있다. 무료이다 보니 한 번에 두세 시간씩 통화하는 건 예사다. 남자와 여자가 서로 다르다는 건 알고 있지만, 나로서는 무슨 할 얘기가 그렇게 많은지 이해가 되지 않는다.

▼ 예배를 드리러 들어가기 전에 성당 앞에서 잠시 예수님을 묵상하는 시간을 가졌다.

일반 알베르게는 남녀를 구별하지 않지만, 이곳은 수도원에서 운영하는 곳이라 그런지, 좀 더 엄격하고 보수적인 분위기였다. 며칠 동안 함께 걷고 있던 Y(선박 회사 감리사)는 남자 전용 4인실로 배정되었다.

저녁 식사 전에 이 알베르게 건물과 붙어 있는 옆 성당에서 미사가 있다고 했다. 이 수도원에서 운영하는 성당이었다. 나는 가톨릭 신자는 아니지만 참석해 보기로 했다.

아까 알베르게에서 우리를 맞이해 준 '브라더'라는 사람도 단상에 앉아 있었다. 그는 예수 그리스도상을 엄숙하게 바라보고 있었다. 마치, 신앙심이 깊은 사람처럼 보이려 애쓰는 듯한 표정이 역력했다. 미사는 스페인어로 진행되었고, 내용을 정확히 이해하기는 어려웠지만 대강 분위기로 짐작할 수 있었다. 단상 위에는 대여섯 명이 앉아 있었고, 저마다 맡은 역할이 있는 듯했지만 구체적으로는 알 수는 없었다. 큰 도시의 화려한 대성당에서는 집전을 해 본 경험이 없어 보이는 사제가 미사를 인도하고 있었다.

이곳도 순례자를 위해 매일 미사를 드리는 것 같았다. 정식 미사가 아닌 약식 미사처럼 느껴졌다. 순례자는 일요일만 오는 게 아니니까. 성당 안에는 나무 의자가 두 줄로 단상을 향해 놓여 있었다. 정원이 한 4~50명쯤 돼 보였다. 의자에 순례자들이 띄엄띄엄 앉아 있었고, 남성보다는 여성이 많았다. 프랑스어를 쓰는 여성이 콧소리를 섞어가며 성경을 낭독했는데, 아마 미사 전에 본인이 하겠다고 미리 신청을 했던 모양이었다. 순례자 중의 한 명으로 보였다. 성경은 프랑스어로 읽었다. 어떤 여성은 성령이 임한 듯 온몸을 떨며 흐느꼈고, 또 다른 여성은 열심히 성호를 그으며 뭔가를 중얼거리고 있었다. 반면, 남성들은 대부분 무표정한 얼굴로 멀뚱멀뚱 앉아 있었다. 가톨릭 미사였지만, 잠시나마 예수님을 생각할 수 있었던, 나름대로 좋은 시간이었다.

　미사가 끝난 후, 저녁 식사 시간이 되었다. 수도원에서는 샐러드, 빵 등 기본적인 음식만 제공했다. 메인 메뉴는 순례자 각자가 부엌에서 음식을 만들어서, 식사 테이블에 도네이션으로 내놓는 형식이었다. 모두가 함께 나눠 먹고, 자연스럽게 이야기를 나누는 시스템이었다. 식사 시간에는 미사를 집전했던 신부도 함께했다. 브라더라는 사람은 바로 내 앞자리에 앉았다. 자기는 스페인에서 태어나, 스페인에서 자란, 스페인 사람이라고 강조했다. K가 우리와 합류했던 도시, 부르고스 출신이라며 좀 수다스러울 정도로 말을 많이 했다. 이곳은 수도원에서 운영하는 알베르게라 그런지 공식적으로 와인을 제공하지는 않았다. 브라더는 보아하니 술을 무척 좋아하는 사람 같았다. 신부가 자리를 뜨자마자, 기다렸다는 듯이 어디선가 와인 한 병을 들고 왔다. 나는 바로 앞자리에 앉았다는 이유로 운 좋게도 한 잔 얻어 마셨다. 한 잔으로 양이 찰 리가 없는 나는 좀 더 달라고 부탁해 볼까 싶었다. 하지만, 그의 눈빛이 옆자리에 앉은 예쁘장하게 생긴 프랑스 여성에게 머물러 있는 것을 보고 포기했다. 아까 미사 때 콧소리를 섞어 성경을 읽었던 여성 같았다. 아침 식사는 봉사자들이 간단하게 준비해 두었고, 필요한 사람은 자유롭게 먹고 나서 알아서 도네이션을 하면 됐다.

이 숙소는 본래의 알베르게 정신을 지키려는 노력이 곳곳에서 느껴졌다. 상업적인 분위기와는 거리가 멀었다. 방은 깔끔하게 정돈되어 있었고, 밤에는 난방도 아끼지 않고 충분히 틀어 주어, 오랜만에 편안한 잠을 잘 수 있었다. 낯선 공간이었지만, 몸과 마음은 따뜻했다. 카미노의 전통적인 알베르게 정신을 살리려는 노력과 조용한 배려가 스며 있었다. 이 수도원에서의 하룻밤은 오래도록 기억에 남을 것 같았다. 이번 카미노 여정에서 얻은 작은 행운 중 하나였다.

어제 알베르게의 따뜻함을 떠올리며, 오늘의 목적지 엘 부르고 라네로(El Burgo Ranero)로 향했다. 17킬로미터 거리. 지금까지 걸은 구간 중 가장 짧았다. 카미노 앱에, 이 마을 다음에는 알베르게가 이미 만실이라고 나와 있어서, 하는 수 없이 이곳에 예약을 했다. 빠르게 걸으면 4시간 정도면 도착할 수 있는 거리였다. 리뷰도 괜찮았고, 어제처럼 도네이션 베이스의 공립 알베르게라 기대도 됐다. 이틀 연속 괜찮은 숙소를 잡았다며 내심 기뻐했다.

숙소로 향하는 길은 두 갈래로 나뉘었다. 하나는 짧고, 하나는 조금 더 길었다. 많은 사람들이 택한 짧은 길로 방향을 잡았다. 나중에 얘기를 들어 보니, 긴 길을 택한 사람들은 쉼터도 없었고, 끝없이 이어지는 길이 지루해서 많이 힘들었다고 했다. 알고 보니 잘한 선택이었다. 이미 나에게는 카미노의 초심이 온데간데 없어진 것이 분명했지만, 나는 스스로 모른 체 했다.

정오쯤 숙소에 도착했는데 문이 굳게 닫혀 있었다. 1시에 문을 연다는 팻말만 달랑 붙어 있었다. 두서너 명이 우리와 함께 제일 먼저 도착했다. 짧은 길로 오기도 했지만, 어제 알베르게에 대한 감사함 덕분에 기분이 좋아져 발걸음이 가벼워진 덕분이기도 했다. 순례자들이 하나둘 도착하는 대로, 배낭을 문 앞에 순서대로 내려놓았다. 먼저 온 우리는 문 앞 벤치에 앉아 조용히 기다렸다. 아내는 배낭이 도열돼 있는 모습이 특이하다며, 주섬주섬 그림 도구를 꺼내 스케치를 했다. 싱가포르에서 왔다는 젊은 여성이 다가와 그 흔한 감탄을 쏟아냈다.

오후 2시쯤 되니, 농부처럼 보이는 남성이 어슬렁어슬렁 다가오더니 문을 열었다. 1시에 오픈한다는 팻말은 그냥 형식적으로 붙여 놓은 것 같았다. 입구에 들어서니 내부는 낡고 어두웠다. 일층에는 부엌과 식사용 테이블이 있었고 샤워실이 있었다. 이층에는 이층 침대를 다닥다닥 붙여 배열해 놓은 큰 방이 두 개 있었다. 이층으로 올라가는 나무 계단은 삐걱거리는 소리를 내며 곧 무너져 내릴 듯했다. 방의 벽에 달려 있는 창문은 반쯤 열려 있었는데, 아무리 힘을 주어 닫으려고 해도 꿈쩍도 하지 않았다. 오래전부터 고장이 나 있었던 듯했다.

샤워장은 처음에 물이 쫄쫄쫄 나오더니, 나중에는 방울방울 떨어졌다. 몸에 물만 묻혔다가 도로 나왔다. 머리와 몸에 비누칠을 안 한 게 천만다행이었다. 아내와 K한테는 오늘 샤워는 포기하라고 미리 알려 줬다.

▲ 아내가 알베르게 앞에서 문이 열리기를 기다리며 순례자들의 배낭을 그리고 있다.

한밤중이었다.

여기저기서 많은 사람들이 기침을 해 대고 난리가 났다. 눈을 떠 보니 뭔가 타는 냄새가 코를 찌르고 연기가 방 안에 가득했다. 이층 침대 아래쪽에서 자는 순례자들은 구름 속에 누워 있는 듯했다. 워낙 피곤한 상태라 사람들은 기침을 하면서도 그냥 잤다. 기관지가 예민한 나는 금세 문제가 발생했음을 알아챘다. 무거운 몸을 이끌고 삐걱거리는 나무 계단을 타고 더듬더듬 아래층으로 내려갔다.

아래층에는 젊은 여성이 난로 문을 열어 놓은 채 책을 읽고 있었다. 연기가 이 난로 문을 통해 새어 나와 온 건물 안으로 퍼진 것이다. 비에 젖은 나무라서 연기가 더 심하게 나왔던 것. 이 여성은 스토브 앞이라 따뜻하고 좋은데 무슨 문제가 있느냐고 되물었다. 발음을 들어 보니 프랑스인 같았다. 연기는 위로 올라가기 때문에 아래층에서는 문제의 심각성을 몰랐던 모양이었다. 나는 화가 난 표정과 몸짓으로 창문을 모두 열어젖혔다. 뒤이어 이층에서 순례자들이 우르르 내려오고 나서야, 그녀는 자기가 무슨 짓을 저질렀는지 알아챘다.

이 알베르게는 최소 100년은 된 건물을 손도 안 보고, 그냥 사용하는 듯했다. 운영자는 오후에 잠깐 나타났다 퇴근하고, 밤에는 연락조차 어려웠다. 내 추측에는 지방 정부 소유 건물을 지역 주민에게 맡겨, 알베르게로 운영하라고 한 게 아닌가 싶었다. 개인 소유라면 이렇게 건물을 방치하지는 않았을 것이다. 퇴근할 때가 되었는지, 운영자는 돼지 저금통을 입구에 놓고 사람들이 도네이션을 하는지 안 하는지 매의 눈으로 감사하고 있었다. 도네이션은 순례자들이 아침에 떠날 때 하는 게 일반적인데, 여기는 미리 받았다. 아침에는 본인이 나타날 수가 없으니 그럴 수도 있겠다 싶었다. 제사보다 젯밥에 더 관심이 많은 운영자를 보고 허탈한 웃음만 나왔다.

어제와 오늘, 극심한 대비 속에서 나는 오히려 하나님의 묘한 법칙을 느꼈다.

풍요로운 날이 있으면 메마른 날도 있고, 고요함 뒤엔 혼란도 따르며, 영혼이 맑아진 다음엔 시험도 온다는 것. 하나님은 때로 그렇게 우리를 넓고 깊게 훈련시키신다. 어제의 은혜가 오늘의 불편함 속에서 더 또렷이 빛났고, 그 불편함은 다시 내 믿음을 돌아보게 만들었다. 순례는 좋은 날만 있는 게 아니라, 나쁜 날도 통과하며 하나님을 배워가는 여정이라는 생각이 들었다. 이렇게 두 가지를 섞어 주시는 이유는 우리로 하여금 겸손히 그의 뜻을 찾게 하기 위해서라는 것을 몸소 체험할 수 있는 순간이었다.

"형통한 날에는 기뻐하고 곤고한 날에는 되돌아보아라. 이 두 가지를 하나님이 병행하게 하사 사람이 그의 장래 일을 능히 헤아려 알지 못하게 하셨느니라."(전도서 17장 14절)

나만의 스토리 그리고 하나님과의 스토리

요즘 젊은 세대에게 유튜브, 페이스북, 인스타그램, 트위터, 카카오스토리는 단순한 소통 수단만이 아니다. 그들에게 소셜 미디어는 자기 존재의 증명 수단이자, 일종의 무대다.

카미노를 걷다 보면, 핸드폰을 매단 셀카봉이나 고프로를 들고 다니는 사람들이 종종 눈에 띈다. 그런데 신기한 건 이들은 대부분 한국 사람이라는 것. 걸으면서 혼잣말을 하는 자신을 찍고, 길 위의 풍경을 담는다. 밥 먹는 장면이나 숙소 내부까지도 빠짐없이 기록한다. 왜 저렇게까지 열심히 찍고 있을까. 친구들이나 자기를 아는 사람들에게 '나 여기 있소.'라며 자기 존재감을 인정받고 싶어서일 것이다.

남에게 인정받고 싶은 건 인간의 본능이다. 심리학자 윌리엄 제임스는 "인간이 지닌 성정 중에서 가장 강한 것은 남의 인정을 받는 것을 갈망하는 것"이라고 했다. 남에게 인정받고 싶은 마음은, 곧 자신의 존재감을 드러내고 싶은 마음이라고 볼 수 있다. '명예나 이름은 다 쓸모없는 허구일 뿐이다.'라는 내용의 책을 쓴 사람도, 그 책에 저자인 본인 이름은 꼭 쓴다고 한다.

우리도 카미노 준비를 위해 관련 유튜브를 많이 봤다. 매우 유용한 정보를 얻기도 했고, 마음가짐을 다지기에도 큰 도움이 됐다. 그 유튜브에 댓글도 달아 주고 그들의 존재감을 인정해 주기도 했다. 아내도 수채화 그리는 과정을 찍어 유튜브에 올려놓는다. 여행하다가 혼자 보기에는 아까운 좋은 풍경이 나오면 인스타에 업로드한다. 이를 통해 세계 곳곳에 있는 많은 사람들과 소통을 하고 있다. 젊은이들 못지않게 본인의 존재감을 드러내고 있다.

카미노의 주인공인 성 야고보의 어머니 살로메도 예외는 아니었다. 자기

아들들이 좋은 스펙을 통해 남들에게 인정을 받게 해주고 싶었다. 그녀는 아들 둘을 예수님의 양옆에 앉혀 달라고 부탁했다. 지금 식으로 말하면 좋은 자리를 위해 로비를 한 것이다. 살로메는 아마 인류 최초의 '치맛바람'의 주인공이 아니었나 싶다. 예수님께 거절을 당했지만, 어머니의 자식에 대한 집착은 2000년 전이나 지금이나 크게 다르지 않은 것 같다.

한국 사람들은 학벌이나 직장, 비즈니스를 통해 자기 존재를 과시하려는 성향이, 다른 나라 사람들에 비해 더 강한 듯하다. 그러다 보니 요즘 한국에는 스펙 좋은 사람이 차고 넘친다. 놀고 먹는 석사, 박사도 수두룩하다. 하지만 타인에게 인정받음으로써 느끼는 존재감은, 인간의 본성을 만족시킬지는 모르지만, '나만의 스토리'에서 나오는 존재감과는 차원이 좀 다르다.

투자왕 워런 버핏은 명문 대학의 졸업장은 입사 후 3일까지만 효력이 있다고 했다. 스펙보다는 자신만의 스토리가 더 중요하다는 얘기다. '나만의 스토리'를 가진 사람은 타인과 경쟁할 필요도 없다. 왜냐하면 나만 가진 독창적인 스펙이기 때문이다.

유튜버들 중에는 타인과의 소통을 목적으로 하는 이들도 있지만, '자기만의 스토리'를 만드는 것에 더 큰 의미를 두는 사람들도 있다. 사실 카미노를 함께 걷는 나와 아내 역시, 결국은 '우리만의 이야기'를 만들어 가는 것이 가장 큰 목적이었다. 이 길에서 마주한 감정들, 우연히 만난 사람들, 그리고 그 속에서 드러나는 우리의 진짜 모습, 이 모든 것들이 모여 만들어진 누구도 흉내 낼 수 없는 '우리만의 스토리'.

삶의 마지막 순간이 왔을 때, 자기만의 스토리가 있는 사람은 그 끝을 훨씬 더 담담하게 받아들일 수 있지 않을까. 그렇지 않으면, 나의 인생이 아닌, 남의 인생을 살다가 삶의 끈을 쉽게 놓지 못하고 아등바등 붙들고 있을 수도 있다. 그런 추한 모습을 남아 있는 사람들에게 보여주게 될지도 모른다.

하지만… 그렇게 공들여 만들어 가는 '나만의 스토리'도 결국은 유한한 인생 안에 머물 수밖에 없다. 인생은 한겨울 아침 입김과도 같은 것이다. 찬 공기 속에서 잠시 피어올랐다가 이내 사라지고 만다. 인생은 또한 손에 꽉 움켜쥔 모래와도 같다. 아무리 꽉 쥐고 있어도 시간이 지나면 손아귀에서 다 빠져나간다. 그래서일까. '자기만의 스토리'도 결국은 영원하지 않다는 걸 부인할 수 없다. 유한한 인간의 스토리 안에, 영원한 하나님과의 스토리를 끼워 넣을 수 있다면….

끝이 아닌 시작으로 이어지는 이야기를 덧붙이는 것, 내 인생의 스토리 속에 하나님이 직접 개입하고 계시다는 것을 받아들인다면, 이것이야말로 '진짜 존재감'이 아닐까.

드디어 산티아고 입성

원래 계획은 산티아고에서 5킬로미터 떨어진 몬테 델 고조(Monte del Gozo)에서 숙박을 하는 것이었다. 그다음 날 아침 일찍, 신선한 마음과 몸으로 산티아고에 입성하는 것이 좀 더 성 야고보에 대한 예의가 아닐까 싶어서였다. 몬테 델 고조의 스페인어 의미는 '기쁨의 산'이라는 뜻이다. 이곳은 산티아고 시내가 멀리 내려다보이는 곳이다. 먼 길을 걸어온 순례자들이 대성당의 첨탑을 처음 마주하며, 도착의 기쁨을 느끼는 곳이라서 이런 이름이 붙었다고 한다. 많은 순례자들이 우리와 같은 생각으로 이곳에서 마지막 밤을 보낸다고 들었다. 하지만 아내가 그 계획을 확 바꿔 버렸다. 5킬로미터만 더 가면 산티아고인데, 차라리 빨리 도착해서 거기서 쉬자는 것. 저녁 때 입성하나 아침에 입성하나, 성 야고보가 그런 걸 따질 분이냐고 했다. 그것도 나쁠 것 같지는 않았다. 산티아고에서 2박 예정이었던 게 3박으로 늘어나, 되레 하루를 버는 셈이 됐다. 그 대신 하루 30킬로미터 강행군을 해야 했다.

'기쁨의 산'에서 산티아고 대성당의 첨탑이 저 멀리 아득하게 보인다는 말은 들었지만, 우리 눈에는 보이지 않았다. 첨탑이 없어진 건 아니겠지만, 조금이라도 빨리 도착하고 싶은 마음에 서둘러 산티아고를 향해 내려오다 보니 그걸 볼 여유가 없었을 것이다. 36일 동안의 도보 순례를 하며, 머릿속에 그리던 산티아고 데 콤포스텔라의 모습은 오직 대성당과 오브라도이로 광장(Praza del Obradoiro)뿐이었으니까.

'기쁨의 산'에서 야고보 성당에 이르는 길은 순례자들에게 그렇게 호락호락하지 않았다. 내려오며 첫 시야에 들어온 것은, 우리가 꿈꿔 온 신비로운 도시가 아니었다. 무질서한 건물들, 도시 순환 고속도로, 그리고 비행장이 보이는 전형적인 현대 도시의 풍경이었다.

내리막길이 끝나자 곧바로 산티아고 도심이 시작됐다. 도시 순환 고속도로를 질러가는 다리를 건너자마자, 허기를 달래기 위해 식당에 들렀다. 사람들이 많아 줄을 서서 기다려야 했다. 수완 좋은 상인들이 이 포인트를 놓칠 리가 없다. 지친 순례자들이 '진정한 보물'을 만나기 직전, 몸과 마음을 추스르기 위해 잠시 들리는 곳이 식당이라는 것을.

허기를 채운 뒤, 성 야고보를 곧 만날 수 있다는 희망과 기쁨으로 배낭을 다시 어깨에 멨다. 그러나 기대와는 달리 가도 가도 번잡한 시가지가 끝없이 이어졌다. 수없이 많은 신호등과 건널목을 지나야 했다. 바닥에 박혀 있는 청동으로 만든 노란 카미노 이정표와, 한 방향으로 걷고 있는 배낭족들만이 우리가 제대로 가고 있다는 걸 알려 줬다. 이 도시의 상인들은 우리에게 별로 관심이 없어 보였다. 36일 동안 같은 옷만 입고 걸어온 '진짜 순례자'한테는 털어낼 게 없다는 걸, 그들은 이미 경험으로 알고 있는 듯했다.

1시간 반쯤 걸었을까, 드디어 성당의 뾰족한 첨탑이 건물들 사이로 살짝 모습을 드러냈다. 아내와 나는 "보인다!"라는 탄성이 입에서 절로 나왔다. 그 순간부터 걸음이 빨라지기 시작했다. 발이 아픈 것도 어딘가로 사라져 버린 듯했다. 절룩거리던 다리는 언제 그랬느냐는 듯 정상으로 바뀌었다.

하지만 그 설렘은 오래가지 않았다. 고개를 들고 첨탑을 좇는 사이, 도심의 무질서한 건물들이 또다시 시야를 가려 버렸다. 첨탑은 마치 약 올리듯, 보였다 사라지기를 반복했다. 마음은 더 조급해졌다. 분명 가까워졌다는 걸 알고 있음에도, 성당은 모습을 쉽게 드러내지 않았다. 광장에 다다르기까지, 그 신비한 첨탑의 실루엣은 몇 차례 더 도심의 골목과 벽들 사이에 숨바꼭질을 하듯 숨어 버렸다. 간신히 방향을 잡아 다시 걷기 시작하면, 잠깐 모습을 보였다가 또 사라졌다. 도시의 장막이 우리와 성 야고보를 계속 갈라놓았다. 마치 소중한 보물을 그렇게 쉽게 내줄 수는 없다는 듯이.

마침내, 성당이 모습을 드러냈다. 첨탑이 하늘을 찌를 듯 솟아 있었고, 광장에는 수많은 순례객들로 북적였다. 성 야고보가 잠들어 있는 대성당, 수많은 이들이 희망과 눈물로 그리며 도착했던 이곳. 36일 동안의 한 걸음 한 걸음이, 이 순간을 위해 존재했던 것만 같았다.

산티아고 대성당의 오브라도이로 대광장은 환희, 기쁨, 승리감, 안도감, 아쉬움, 사랑, 그리고 슬픔까지 인간이 느낄 수 있는 모든 감정들이 교차하는 곳이었다. 온종일 활기가 넘쳤다. 서로 포옹하는 사람, 사진 찍는 사람, 땅에 누워 배낭을 베고 멍하니 하늘을 바라보는 사람들로 꽉 찼다. 광장은, 깃발 든 단체 관광객들 때문에 더 북적였다.

순례자들은 산티아고 대성당 앞에서 눈물을 흘렸다. 그 눈물은 단순한 감정의 분출이 아니라, 수백 킬로미터를 걸어온 발걸음이 선사하는 깊은 성취감의 눈물이다.

("산티아고는 간신히 몸을 일으켰다. 그러고는 다시 한번 피라미드를 바라보았다. 피라미드는 조용히 미소를 짓고 있었고, 그 역시 피라미드를 향해 미소를 보냈다. 솟아오르는 기쁨으로 가슴이 터져 나가는 것 같았다. 이제 그는 자신의 보물이 어디에 있는지 온몸으로 느낄 수 있었다." 순례자들이 대성당 앞에서 느끼는 심정과, 소설의 주인공 산티아고가 피라미드 앞에서 느끼는 심정이 비슷할 것 같아서 파울로 코엘료의 『연금술사』에서 옮겨 왔다.)

흙먼지와 햇살, 고통과 침묵 속을 걸으며 만났던 이들을 하나둘 광장에서 다시 마주쳤다. 생장에서 출발할 때 아내가 그림을 그리자 감탄하며 "원더풀!"을 외쳤던 멕시코 부인들, 덴마크 출신의 소피아, 이스라엘 여군 출신의 두 젊은 아가씨들….

다들 어디선가 하나둘씩 약속이나 한 듯이 나타났다. 부둥켜안으며 서로 축하했다. 남자도, 여자도, 국적도, 나이도 없었다. 단지 카미노 동지였다. 하나님을 믿지 않는 사람들도, 여기까지 무사하게 온 것에 대한 감사의 눈물을 흘렸다.

▲ 산티아고 대성당에 도착한 순례자들이 환호의 함성을 지르며 기뻐하고 있다.

제2장 생명수의 강을 건너다

두 얼굴의 도시 산티아고

36일 동안 이어졌던 조용하고 차분했던 카미노.

오브라도이로 광장에 도착한 기쁨과 환희는 잠시뿐, 광장은 활기와 소란으로 급변했다. 원래 광장은 늘 그랬지만 드디어 도착했다는 감격에 내가 잠시 못 느꼈을 뿐이었다. 산티아고는 더 이상 성 야고보의 유골이 발굴되던 당시의 그 모습이 아니었다.

성당이 가까워지면서 동전통을 앞에 둔 통기타 연주자, 아코디언 연주자들이 만들어내는 소음은 지친 발을 더 피곤하게 했다. 현지인들은 사도 야고보에 대해서는 별로 관심이 없는 듯했다. 대성당 주변은 온갖 카페와 술집, 기념품 가게로 범벅이 돼 있었다. 기념품 가게마다 조가비 형태로 만든 물건들로 가득했다. 브로치, 열쇠고리, 엠블럼, 물컵 등등. 심지어는 조가비 모양의 초콜릿도 있었다. 조가비가 산티아고라는 도시를 점령한 듯했다. 물건들은 다 조악해 보였고, 가격은 저 돈 주고 저걸 왜 사나 싶을 정도였다.

이런 조잡한 상품들에 '진짜 순례자'들은 별 관심이 없다. 상인들의 주 공략 대상은 산티아고에 갔다 왔다는 증거물이 필요한 관광객들이다.

성 야고보는 너그럽고 공평했다. 생장에서부터 왔든 사리아에서부터 왔든 상관하지 않고, 100킬로미터 이상 도장이 찍혀 있는 순례자 여권만 보여주면 순례 완료 증서(Compostela)를 줬다. 그리고 사람들은 그 증서를 손에 쥐고 의기양양하게 순례자 사무실을 떠났다.

나도 도착하자마자 순례자 사무실로 갔다. 증서가 뭘 그렇게 중요하다며 허세를 부렸던 나도, 별수 없이 순례를 마쳤다는 증거는 필요했다. 사무실은 마치 대형 은행처럼, 열 개쯤 되는 창구가 바쁘게 돌아가고 있었다. 긴 줄 끝에 서서 한참을 기다린 끝에야, 증서를 받을 수 있었다. 내부는 거의 시장 바닥 수준으로 시끌벅적했고, 창구 직원들 중에는 한국인 여성도 있었다. 영어와 스페인어에 익숙지 않은 한국 순례자들을 돕는 자원봉사자인 듯했다. 나와 아내의 크레덴시알(순례자 여권)은 때가 잔뜩 묻어 있었고, 모서리는 너덜너덜했다. 스페인어를 쓰는 직원은, 내 순례자 여권이 100킬로미터 이상 도장이 찍혀 있는지 재빠르게 확인하고는, 아무 말 없이 숙련된 솜씨로 증서를 만들어 주었다. 나는 스페인어를 몰랐고, 직원은 영어를 못했지만, 눈빛만으로 모든 과정은 끝났다. 지금 이 글을 쓰고 있는 나는 그 증서가 어디에 있는지도 모른다. 책장 어디인가 처박혀 있을 거다.

산티아고에 도착한 첫날은 증서만 받고, 거대하고 신비스러운 성당 외관만 대충 살펴보고 숙소로 갔다. 하루를 당기기 위해서 30킬로미터를 걸었으니, 잠시 잊혀졌던 아픈 발이 더 아팠다. 다행히도 예약한 숙소가 성당에서 걸어서 2~3분 거리에 있었다.

길고도 벅찼던 하루의 마지막. 침대에 그냥 쓰러지고 말았다.

두 번째 날은 유료 가이드를 따라 성당 내부를 관광했다. 스페인어로 안내하는 바람에 하나도 못 알아들었다. 지불한 돈이 아까워 가이드를 따라 다니기는 했지만, 시간만 낭비하고 말았다.

정오 12시 미사가 시작될 무렵, 거대한 성당 안은 말 그대로 인산인해였다. 관광버스를 타고 와서 성당 근처 호텔에 묵고, 단 5분만 걸어온 '무늬만 순례자'들이 성당 안의 좋은 자리는 거의 다 차지하고 있었다. 반면, 무거운 배낭을 메고 30~40일을 걸어온 '진짜 순례자'들은, 옷에서 나는 약간의 땀 냄새를 풍기며 기둥 뒤에 서 있거나, 입구 쪽으로 밀려나 있었다.

주일도 아닌 평일 낮, 이렇게 매일같이 미사가 열리는 건, 아마도 고생 끝에 도착한 순례자들을 위한 일종의 보상처럼 느껴졌다. 순례자들은 성당의 엄청난 규모, 불가사의한 건축술, 그리고 수려한 조각상들에 감탄하며 미사에 참여했다. 예전 같으면 미사 중 성당 내부를 그네처럼 가로지르며 흔들리는 거대한 향로, '보타푸메이로(Botafumeiro)'가 하이라이트였을 테지만, 우리가 갔을 때는 보수하느라 중단한 상태였다. 성당 내부에는 약간 높은 위치에 성 야고보의 조각상이 있었다. 많은 순례자들이 그 조각상을 만져 보기 위해 길게 줄을 서 있었다. 세월과 손때로 반질반질해진 그 조각상과 함께, 사람들은 순례의 마지막을 장식하는 것 같았다. 하지만 나는 그 조각상에 별다른 감흥이 없었다. 굳이 그곳에 손을 얹고 순례를 마무리하고 싶지는 않았다. 36일 동안 걸어온 발자국이 내 순례의 증거이고, 그 여정 속에서 얻은 하나님의 생명수만이 나의 최종 목적이기 때문이었다.

산티아고는 순례지가 아닌 세계적인 관광지임에 틀림없었다. 산티아고 도착하기 며칠 전부터 앱을 통해 마드리드행 기차표를 예약하려고 수없이 시도해 봤지만, 계속 '매진' 표시만 떴다. 결국 기차표는 포기하고 버스표를 구입했다. 그 것도 산티아고에 먼저 도착해 우리를 기다리고 있는 현조한테 부탁해서 구입했다. 새벽 5시 45분에 출발하는 버스였다. 지루한 하루가 예상됐다. 기차를 타면 4시간 거리인데 버스로는 8시간이나 걸린다고 했다.

마드리드로 가는 날 새벽, 호텔에서 나와 버스 정류장까지 25분을 걸어야 했다. 이젠 걷는 데는 이골이 나서 20~30분 정도 걷는 건 일도 아니었다. 카미노를 완성했다는 성취감에 새벽 공기는 더 상쾌했다.

그런데….

숙소에서 버스 정류장까지 가는 동안, 시가지의 큰 길과 골목골목에 술에 찌든 수많은 젊은 남녀들이 서로 뒤엉켜 있었다. 이 새벽녘, 문을 닫은 술집 앞에서 쫓겨난 듯한 그들은 무엇이 아쉬운지 계속 큰 소리로 떠들고 있었다. 심지어 길바닥에 주저앉아 소리를 지르고, 역겨운 토악질을 쏟아내는 이들도 있었다. 어떤 여자는 맨 엉덩이를 내놓은 채 차바퀴를 붙잡고 앉아서 오줌을 누면서도, 한 손에는 담배를 꼬나쥔 채 아무렇지도 않게 남자들과 웃고 떠들고 있었다. 묘한 기분이 들었다. 이 성스러운 도시 산티아고에 이런 추한 면이 있다는 건 상상도 못 했다.

중세 이후 쇠퇴기를 맞은 순례길은, 1982년 교황 요한 바오로 2세가 산티아고를 방문한 이후 제2의 부흥기를 맞았다. 이후에도 교황들은 계속 순례자들을 격려하는 메시지를 냈다. 1993년에는 카미노 산티아고가 유네스코 인류 문화유산으로 등재되기도 했다. 그 덕분에 세계 각지의 젊은이들이 몰려들며, 산티아고는 다시 활기를 되찾았다. 하지만 성스러워야 할 도시 산티아고는, 새벽의 추한 풍경을 통해 이 도시의 다른 면을 보여주고 있었다. 사람 사는 곳 어디에나 있는 모습이라고 스스로를 위로하며 마드리드로 떠났다. 이 도시를 성스럽게 재정비하는 건 스페인 정부의 몫이라며.

마드리드에서

산티아고에서 마드리드로 가던 날은 하루 종일 비가 내렸다. 나중엔 엄청난 우박까지 쏟아내기도 했다. 버스 운전사가 운전을 하기 힘들 정도였다. 4시간쯤 달렸을까. 설상가상으로 우리 차 바로 앞에서 사고가 났다. 2시간 정도 꼼짝도 못 한 채 좁은 버스 의자에 묶여 있어야 했다. 내 허리에 통증이 슬슬 다시 나타나기 시작했고, 드디어 아내도 허리가 아프다고 했다. 이것도 순례 여행의 일부라고 받아들이지 않으면 견디기 힘들었다.

이베리아반도의 넓이는 한반도의 세 배 정도 된다고 한다. 아마도 남한

국토의 여섯 배가 넘을 듯하다. 버스 안에서 보이는 스페인은 광활한 초원의 연속이었다. 이런 천혜의 자원을 가진 나라가 부럽긴 했다. 만약 한국이 이런 땅을 갖고 태어났다면? 하지만, 한국이 발전할 수 있었던 것은 부족한 자원, 좁은 땅에서 살아남기 위해 노력했기 때문이 아닌가 싶기도 했다. 아마도 좋은 환경을 가진 나라였다면, 현재의 한국은 없을지도 모른다.

오후 4시나 돼서야 마드리드에 도착했다. 산티아고에서부터 거의 10시간을 버스 안에 갇혀 있었다. 허리는 계속 아팠다. 택시를 잡아타고 호텔로 갔다. 너무 피곤해 호텔에서 그냥 있었다.

마드리드에서는 꼬박 이틀의 여유가 있었다. 그동안 지친 마음과 몸을 마드리드 관광으로 달래 보기로 했다.

◀ 마드리드 에스파냐 광장에 위치하고 있는 세르반테스의 기념비와 돈키호테 동상.

스페인은 광장의 나라다. 특히 마드리드에는 유명한 광장들이 많다. 푸에르타 델 솔 광장(Puerta del Sol), 오리엔테 광장(Plaza de Oriente), 시벨레스 광장(Plaza de Cibeles), 산타 아나 광장(Plaza de Santa Ana) 등등. 하지만 스페인의 여느 관광지와 마찬가지로 그 광장이 그 광장이었다. 다만, 나에게 인상 깊었던 곳은 에스파냐 광장(Plaza de España). 이곳에는 스페인이 자랑하는 문호 세르반테스의 기념비가 있다. 그가 쓴 소설 『돈키호테』는, 2002년 노벨 연구소 주최 '전 세계 유명 작가 100인이 뽑은 최고의 책' 1위를 차지할 정도로 잘 알려진 작품이다. 출간한 지 400년이 넘었지만 세계 문학사를 대표하는 고전 중의 고전이다. 이 기념비의 중심부에는 말을 탄 돈키호테와, 당나귀를 탄 산초의 동상이 있고, 그 위에서 저자인 세르반테스의 석상이 이 동상들을 지긋이 내려다보고 있다.

이 소설의 주인공 돈키호테(물론 소설 속에 나오는 그의 행동에 대한 부정적인 평가도 있다)를 보면, 나이키(Nike)의 슬로건을 연상시킨다. "Just do it."

이 캐치프레이즈는 간결하면서도 강한 느낌을 준다. 자신을 믿고, 도전을 두려워하지 말며, 삶에서 주어진 기회를 붙잡으라는 메시지다. '좌고우면'하지 말라는 얘기다. 이는 나이키를 세계적인 회사로 성장시키는 데 큰 역할을 했다.

'제4쿼터'를
향하여

아름다운 노익장

"나는 생각한다, 고로 존재한다." 17세기 프랑스 철학자 르네 데카르트의
말이다. 그는 이 명제를 그의 철학의 출발점으로 삼았다. 하나님이 천지를
창조하시면서, 여섯 번째 날에 인간을 만드시고 영을 불어넣어 주셨다. 인
간은 생명을 얻었고, 자유 의지를 얻었고, 생각을 얻었다. 철학은 생각에서
출발한다. 그래서 생각을 가진 인간은 모두 철학자다.

"나는 누구인가.", "어디서 와서 어디로 가는가.", "현재 나는 어느 자리
에 와 있는가."

정상적인 사람은 누구나 이런 의문을 갖고 산다. 젊었을 때는 먹고살기 바
빠서 이런 생각을 할 겨를이 없을 수도 있다. 하지만 나이가 들수록 인간은
점점 철학자가 돼 간다. 자기 인생을 되돌아보면 볼수록, 삶에 대한 의문점
은 점점 더 미궁 속으로 빠져들게 마련이다. 이 의문점을 한번 풀어 볼 수 있
을까 하고 카미노를 찾았다고 고백하는 70대, 80대 노인들을 많이 만났다.

▲ 독일에서 왔다는 80대 노인(오른쪽)과 함께 얘기를 나누며 걷고 있는 필자.

옛 성도와 함께 오신 한국의 은퇴 목사님, 사위와 단둘이 오신 호주 할아버지, 일곱 번째 카미노라고 하는 캐나다에서 오신 한국인 노부부 등등. 열세 번째 카미노를 한다는 80대 중반의 독일 할아버지는, 라바날에서 우리와 같은 알베르게 같은 방에서 묵었다. 나와 아내는 춥고 피곤해서, 샤워하고 저녁 먹고 일찍 잠이 들었는데, 그 할아버지는 젊은이들과 밤늦게까지 맥주를 마시며 이야기꽃을 피우기도 했다. 자기는 카미노가 너무 재미있다고 했다. 그래서 자주 온다고 했다. 독일은 가까운 나라이니 그럴 수도 있겠다 싶었다.

우리가 살아가는 세상은 언제나 공평한 것만은 아니다. 어떤 이는 태어날 때부터 더 많은 것을 가지고 시작하고, 어떤 이는 가난이나 차별 속에서 살아가야 한다. 그러나 그런 세상 속에서도 하루 24시간은 누구에게나 동일하게 주어졌다.

카미노에서 만난 노익장들은 그 공평함의 진리를 묵묵히 보여 주고 있었다. 젊은 시절은 이미 지나갔지만, 그들은 여전히 하루하루를 소중히 여기며, 자신만의 걸음으로 길을 완주해 나갔다. 인생의 황혼에도 불구하고, 하루 20킬로미터가 넘는 길을 차분하게 걸어가는 그들의 모습에는, 시간이 흐를수록 깊어지는 삶의 품격이 배어 있었다. 그들이 경제적으로 혹은 세상적으로 성공했는지 아닌지는 모른다. 다만, 그들은 누구보다도 온전하게 과거보다는 현재를 더 잘 살아내고 있다는 건 틀림없었다.

'제4쿼터'를 향하여

공평하게 주어졌던 시간을 아깝게 흘려보냈다고 한탄해도 이미 지나가 버린 시간은 다시 돌아오지 않는다. 지금부터라도 어떻게 살아가느냐는, 전적으로 나의 믿음과 선택에 달려 있다. 10년 후쯤, 나도 아름다운 노익장을 뽐낼 수 있어야 하니까.

늦깎이 불혹

이번 카미노는 아내의 제안으로 시작되었다. 나의 공황장애 치료를 위한 하나의 대책이었다. 꼭 그것만은 아니었다. 종교적인 이유도 조금은 있었다. 하지만 무엇보다도 '삶을 내려놓는 연습'이 필요했다.

사실, 평범하게 살아온 사람이 '내려놓는다.'라는 것은, 말은 쉽지만 정작 실천은 어렵다. 예전에 팬데믹이 채 끝나지 않았을 무렵, 지인들과 함께 미국 대륙을 40여 일 동안 자동차로 여행했던 적이 있었다. 떠나는 순간까지 마음이 무거웠다. 왜냐하면 미처 마무리하지 못한 일들, 공사 중이던 집, 남겨 두고 온 이러저러한 책임들이 있었기 때문이었다. 오래전부터 계획된 여행이라 미룰 수도 없었다. 여행 중에도 이런 잡념들이 마음속에 계속 남아, 미국의 아름다운 대자연의 풍경이 눈에 들어오지 않았다. 하지만 여행을 시작하고 열흘쯤 지났을 때, 나는 문득 생각했다. 그리고 결심했다. "다시 집에 돌아갈 수 있는 상황도 아니다. 이왕 떠났는데 마음을 심란해할 필요는 없지 않은가. 나를 대신할 사람들을 믿고, 일어나지도 않을 일을 미리 걱정하지 말자. 지금 이 순간에만 집중하고 즐기자."

내려놓으면 마음이 편하다는 것을 그때 알았다. 삶은 움켜쥐려 할수록 멀리 도망가고, 한 걸음 물러서면 오히려 다가온다는 것을. 이 경험은 작지만 내게 깊은 깨달음을 남겼다. 그래서 이번 카미노에서는 더 의식적으로, 더 철저히 내려놓기로 마음을 다짐하고 시작한 것이다.

젊었을 때 저질렀던 오만과 실수를 이제는 두 번 다시 반복하지 않을 나이. 삶의 무게를 억지로 버티는 대신, 스스로 내려놓고 걸어갈 수 있게 되는 나이. 공자는 이를 가리켜 '불혹 사십'이라고 했다. 그 당시 기록에는 인간의 평균 연령이 50세도 채 되지 않았었다. 지금은 100세 시대라고 하니, 환산하면 '불혹 팔십'이 되어야 논리상 맞다. 이번 카미노를 통해서 나도 공자가 말한 '불혹 40'의 조건들을 어느 정도 충족했다고 생각이 든다. 그렇다면, 내 나이 일흔이니까 10년은 일찍 철이 든 셈이다.

일단 스톱

미국의 교통 신호 체계 중에 '스톱 사인'이란 게 있다. 스톱 사인이 있는 사거리에서는, 모든 차는 일단 멈춰야 한다. 전후좌우를 살핀 뒤, 제일 먼저 온 차가 서서히 출발한다.

▲ 미국 사거리에는 신호등 대신 스톱 사인이 있는 곳이 많다.

처음 미국에 왔을 때, 이 스톱 사인 규칙을 따라 하려니까 너무 답답했
다. 한국에서의 운전이 익숙했던 터라, 일단 멈춤을 하고 하나 둘 셋을 속
으로 세고 출발하라고 하니 한국 사람 체질에 안 맞았다. 나는 이걸 잘 못
해서 운전 면허 시험에 두 번이나 낙방하고 세번 째에 붙었다. 미국 운전
자들에게는 이 스톱 사인이 몸에 배어 있다. 심지어는 경찰에 쫓기는 마약
사범도, 이 스톱 사인에서는 일단 멈췄다가 다시 도망가기 시작한다고 한
다. 스톱 사인은 때론 불편하고 번거롭다. 바쁘게 달리다 보면 그냥 지나치
고 싶을 때도 있다. 하지만 그 잠깐의 멈춤이 안전을 지켜 주고 사고를 막
아 준다.

대나무가 곧게 위로 잘 자라나는 이유는, 매듭짓기를 잘하기 때문이라고 한다. 겉보기에는 쑥쑥 위로만 자라는 것 같지만, 사실은 자라다가 멈추고, 마디를 만들고, 또 자라는 걸 반복한다고 한다. 그 마디가 있어야 튼튼하게 더 높이 자랄 수 있기 때문이다. 쉬지 않고 자라는 게 아니라, 잠시 멈추고 다음 단계를 위해 준비한다는 것.

▲ 대나무는 마디를 형성하며 자란다.

세상에서는 인간의 잘못된 행위를 죄라고 말하지만, 성경에서 말하는 죄는 하나님과의 관계가 끊어진 것을 의미한다. 단순한 도덕적 잘못이나 윤리적 실수가 아니라, 하나님으로부터 멀어지는 것 그 자체가 곧 죄라는 것.

현대인들은 이러저러한 이유로 하나님과의 연결 고리가 끊어진 상태로 살고 있다. 직장 생활이나 사업이 바쁘다는 핑계로 교회를 떠나 있는 사람들, 대학에 가고 나면 교회에서 자연스럽게 멀어지는 청소년들, 이런 현상은 한국뿐만 아니라 전 세계적으로 일어나고 있다.

하나님과의 연결 고리. 이를 다시 잇기 위해서는, 우리는 잠시 멈춤의 시간이 필요하다. 대나무처럼 마디를 만드는 시간도 필요하다. 카미노는 바로 우리에게 그런 기회와 시간을 제공한다. 카미노는 그런 의미에서, 하나님이 우리 삶의 앞에 세워 놓으신 거룩한 스톱 사인이다. 멈추고, 되돌아보고, 마디를 만들고 다시 힘을 얻어 나가는 에너지를 제공하는 생명수의 강인 것이다.

이제는 100세 시대다. 지금 70세 정도의 나이, 즉 인생 제3막(The Third Quarter)에 위치하고 있는 분들에게 권하고 싶다. "일단 스톱, 산티아고에 한번 꼭 다녀오시라. 그동안 살아오면서 쌓인 분노와 삶의 찌꺼기들을 정리하시라. 매듭을 짓고 남은 인생 제4막(The Fourth Quarter)을 준비해야 하지 않겠는가."

많은 의사들이 말한다. 70세 전후를 어떻게 사는가에 따라서 앞으로 남은 30년의 삶이 결정된다는 것.

이들은 광야와 같은 격동의 삶을 잘 견디고 이겨내며 살아왔다. 혹시 지금까지 살아온 삶이 만족스럽지 못할지라도 상관없다. 잠시 안식을 취하며, 대나무처럼 매듭짓기를 한 후 제4막을 향해 나아가야 한다. 농구 경기에서도 3쿼터까지 뒤지다가 4쿼터에서 역전하는 경우도 많지 않은가. 우리 삶의 여정에서도 제 4쿼터에서 역전할 수만 있다면, 더 짜릿한 인생이 될 것이다.

"발이 급한 사람은 잘못 가느니라."(잠언 19장 2절)

사랑이라는 연료로 빚어낸 연금술

요즘 인공 지능이 세상을 온통 뒤흔들고 있다. 과거에는 신의 영역이라 여겨졌던 일들까지 인공지능이 해내고 있다. 대표적 진화론자이자 무신론자인 유발 하라리는 그의 최근 저서 『넥서스』에서, 무섭게 진화하는 인공지능으로 인해 인간이 점점 소외되고 있으며, 결국에는 멸종으로 이어질 수도 있다고 했다. 이 말은 단순한 과학적인 전망이 아니라, 인간의 존엄성과 존재 자체에 대한 불안에서 비롯된 절박한 경고처럼 들렸다. 내 눈에는, 신을 인정하지 않는 그의 논리에 뭔가 틈이 있어 보였다. 아무리 인간의 뇌가 고도로 진화한다 해도, 결국은 '우리는 왜 존재하는가?'라는 질문 앞에 설 수밖에 없다. 그 질문에 대한 해답은 오직 사랑이라는 걸, 유발 하라리도 어렴풋이나마 느끼고 있을지도 모른다. 인간 존재를 지탱하는 가장 근본적인 힘은 진화도, 지식도, 권력도 아닌 바로 사랑이기 때문이다. '존재'란 결국 누군가에게 조건 없는 사랑을 받을 때 느끼는 거니까.

바람의 노래(작사 김순곤, 노래 조용필)

살면서 듣게 될까 언젠가는 바람의 노래를

세월 가면 알게 될까 꽃이 지는 이유를

나를 떠난 사람들과 만나게 될 또 다른 사람들

스쳐 가는 인연과 그리움은 어느 곳으로 가는가

나의 작은 지혜로는 알 수가 없네

내가 아는 건 살아가는 방법뿐이야

보다 많은 실패와 고뇌의 시간이

비켜 갈 수 없다는 걸 우린 깨달았네

이제 그 해답이 사랑이라면

나는 이 세상 모든 것들을 사랑하겠네

많은 사람들이 이 노래를 따라 부르는 이유는 이 가사 내용 때문일 것이다. 삶의 실패와 고뇌의 시간을, 사랑으로 돌파구를 찾는다는 작사가의 메시지는 참으로 깊고 무겁다. 하나님의 사랑을 진심으로 받아들인 사람만이할 수 있는 고백이다.

"사랑은 오래 참고, 사랑은 온유하며… 모든 것을 믿으며, 바라고, 견디느니라."(고린도 전서 13장 4, 7절)

▼ 카미노는 체력과의 싸움이 아닌, 내면과의 싸움에서 삶의 진리를 얻어내는 하나의 연금술이다.

사실, 보통 사람에게 하루 25킬로미터를 걷는다는 건 결코 쉬운 일이 아니다. 하물며, 한 달 넘게, 그것도 매일같이 그만큼을 걷는다는 건, 단순한 체력 싸움을 넘어선 내면과의 싸움이었다. 그건 분명, 나이 일흔이 된 나 스스로에게 던진 치열한 도전장이었다.

그것은 마치, 하나님의 사랑이라는 연료로 내 안에 쌓여 있는 삶의 찌꺼기들을 하나씩 녹여내는 연금술 같은 것이었다.

"God is Love!"(하나님은 곧 사랑이시라), (요한 일서 4장 8절, 16절)

Welcome Home!

45일간의 긴 여행을 마치고 집에 돌아왔다. 문을 열고 들어서는 순간, 낯익은 공기와 익숙한 냄새가 나를 감쌌다. 내 물건들, 내 침대 그리고 이웃들. 카미노에서 걷는 내내 피곤함과 고단함 속에서 수없이 그리워했던, 바로 그 자리였다.

하지만, 이상하게도 이 모든 상황들이 낯설어 보였다. 마음 한구석은 여전히 비어 있었고, 설명할 수 없는 헛헛함이 그대로 남아 있었다. 하루하루 발을 괴롭혔던 자갈길, 잠시 머물다 아침이면 분주하게 떠났던 알베르게, 길 위에서 몰아치던 비바람, 낯선 이들과의 짧았던 인연들…. 이제는 기억 속의 장면들이 되어 있었다. 하지만 여전히 나는 길 위에 있었다. 발은 멈췄지만, 마음은 어딘가를 향해 계속 걷고 있었다. 마치 집을 잃은 나그네처럼.

순례는 영원한 집을 찾아가는 여정이다. 영원한 집이란 고향을 의미한다. 고향은 곧 아버지의 집이다. 인간은 누구나 고향을 그리워한다. 사람이 죽으면 '돌아가셨다'고 하는 것도 그런 의미가 담겨 있을 것이다. 탕자가 된 둘째 아들도 결국은 아버지 집에 찾아오지 않았던가.(누가복음 15장 11절 ~32절) 누가복음의 저자는 둘째 아들은 죄인을, 아버지의 집은 하느님의 나라 즉 천국으로 비유했다. 늘 죄인을 기다리고 용서해 주시는 하나님의 사랑을 표현한 것이다.

인류 최고의 유랑자는 예수님이었다. "여우도 굴이 있고 공중의 새도 거처가 있되 인자는 머리 둘 곳이 없다."(마태복음 8장 20절)고 하셨다. 하지만 예수님은 "내 아버지 집에 거처할 곳이 많도다."(요한복음 14장 2절)라고 말씀하셨다.

나의 진짜 집은 어디일까?

예수께서 손을 벌리고 우리를 향해 말씀하셨다.

"Welcome Home!!!!"

카미노를 돌아보며

36일 동안 800킬로미터를 걸었다는 게 실감이 나지 않는다. 지금 생각해 보면 제정신이 아니었다. 지금까지 살아오면서 매일매일 이렇게 치열하게 삶을 살아 본 적이 있었던가.

카미노를 마치고 나면 뭔가 깨달음이 있을 줄 알았다. 내 삶이 바뀔 줄 알았다. 하지만 무심한 일상은 여전했고 공허함도 여전했다. 매일 아침 일 어나 커피 한잔 마시고, 그다음에는 무슨 일을 해야 할지 모르는 일상.

뭔가 또 다른 변화가 필요했다. 이민 생활 동안 가슴앓이의 원인이었던 그리움을 풀어 보는 것도 좋겠다는 생각이 들었다. 그래서 한국으로 왔다. 형제들을 만나 혈육의 정을 나누었다. 수십 년 동안 못 만났던 친구들을 만 나 소주도 한잔하기도 하고, 전국 곳곳의 맛집을 찾아다니며 여행을 하기 도 했다. 그리고 틈을 내서 이 글을 쓰고 있다. 카미노에서 찍은 사진들을 한 장 한 장 되돌려 보니, 그 순간의 느낌들이 하나하나 되살아났다. 그때 그 시간으로 다시 돌아갈 수 있어서 좋았다.

카미노는 중독성이 있다. 요즘도 아침에 일어나면 오늘도 걸어야 한다는 착각에 빠지곤 한다. 아내와 나는 아직도 가끔씩 카미노 꿈을 꾼다. 요즘 유행하고 있는 '한 번도 안 가 본 사람은 있어도 한 번만 가 본 사람은 없다.'라는 말은, 이럴 때 쓰기 위해서 있는 것 같다. 조만간 '포르투갈 길'로 다시 도전해 보자고 말은 하고 있다. 하지만, 우리의 진짜 카미노는 이미 시작됐다. 스페인과 포르투갈에 있는 카미노가 아닌 '제4쿼터'를 향한 '삶의 카미노'.

카미노 동안 동고동락하며, 친구이자 동지가 되어 준 아내에게 때늦은 감사를 전한다. 어려운 여건 속에서도, 카미노의 아름다운 풍광을 끊임없이 도화지에 담아낸, 그 창작의 의지에 경의를 표한다. 이 책이 나오기까지 저 멀리서 응원해 준 두 아들과 두 며느리에게도 이 지면을 빌어 고마움을 보낸다. 책을 처음 써 보는 나에게 많은 조언과 지도를 해주신 미다스북스 김요섭 편집장님께도 깊은 감사를 드린다.

카미노에서 만난 인연들

카미노에서는 수많은 사람들과 만났다 헤어졌다를 반복한다.

한국 사람을 만나면, 동족이라는 이유 하나만으로 더 반가웠다. 카미노에서는 한국의 젊은이들이 특히 눈에 많이 띄었다. 어떤 친구들은 며칠 연속으로 같은 알베르게에서 묵기도 했다. 젊은 나이에 어떻게 이런 긴 시간을 낼 수 있냐고 물어보면, 대부분 다니던 직장을 그만두고 왔다고 했다. 카미노가 끝나면 어떤 다른 계획이 있냐고 물어봤다. 그들의 대답은 한결같았다. 그냥 그만두었다는 것. 그러면 이 카미노를 마치고 무얼 할 계획이냐고 다시 물었다. 카미노를 하면서 생각해 본다고 했다. 내가 직장 다닐 때는 한 번 직장을 잡으면 퇴직할 때까지 다녀야만 하는 줄 알았다. 그런데 요즘의 한국 젊은이들은 그렇지 않은 모양이었다. 그중 몇몇은 약간의 눈높이만 낮추면 취업은 문제가 안 된다고 귀띔해 줬다. 중간에 돌아가는 사람들도 꽤 있었다. 이들은 직장에서 휴가를 내고 온 친구들이다. 무시무시한 경쟁 사회에서, 지칠 대로 지친 한국의 많은 젊은이들이 이 카미노를 통해 많은 깨달음을 얻고 가기를 기대해 봤다.

카미노에서 만난 인상 깊었던 한국 사람들을 기억해 봤다.

이종사촌 남매 현조와 인정이

이들은 본명을 써도 좋다고 허락을 해줬다. 현조는 서울에, 인정이는 부산에 살고 있다. 인정이가 누나다. 우리 아이들 나이보다 한두 살 위쯤 된다. 요즘 한국의 젊은이들답지 않게 살가웠다. 피레네산맥을 넘을 때 처음 만나서 산티아고까지 많은 시간을 동행했다. 같은 알베르게에서 투숙한 적도 많았다. 로그로뇨에서는 타파스에 맥주를 곁들여 함께 즐기기도 했다. 많은 대화를 나누며, 나와 아내를 젊은이들의 세계로 안내해 주기도 했다.

우리가 산티아고에 도착하기 3일 전에 이들은 벌써 도착했다고 연락이 왔었다. 도착 기념으로 같이 맥주 한잔해야 한다며, 우리가 갈 때까지 꼼짝 말고 거기 있으라고도 했다. 산티아고 도착 하루 전 마드리드 가는 기차표를 알아봤더니 이미 매진이었다. 하는 수 없이 현조에게 버스표라도 대신 사 달라고 부탁할 정도로 허물없는 사이가 됐다.

처음에는 현조, 인정 두 명이었는데 산티아고에 가까워질수록 함께 걷는 그룹이 늘어나 나중에는 다섯 명이나 됐다. 피는 물보다 진한 법. 한국의 젊은이들끼리 서로 의지하며 순례길을 걷는 모습이 좋아 보였다. 그 멤버들도 다 착하고 살갑고 순수했다. 돈과 권력으로 사람을 평가하는 한국의 초경쟁 사회에서 사는 젊은이들 같지 않았다.

안 보이면 서로 궁금해하면서 걸었다. 이들같이 마음이 순수하고 건강한 젊은이들이 한국에 많았으면 좋겠다고 생각했다. 현조, 인정이와는 산티아고에서 다시 만나 그동안 경험했던 애기들을 나누며 좋은 시간을 보냈다. 내가 아내의 유튜브를 위해 사진도 찍고 편집도 한다고 했더니, 앞으로는 '피디님'이라고 부르면 어떻겠냐고 했다. "무직인 나를 그렇게 불러 주면 너무 고맙지."

유명 제약 회사 회장 부부

카미노를 마치고 산티아고에서 피니스테레와 묵시야로 가는 버스 여행 중에 만났다. 쉬는 시간에 카페에 들렀는데 같은 자리에 앉게 되어 커피 한 잔을 함께 마시게 됐다. 그분들이 커피값을 내 주었다. 점심시간에 우리가 먼저 식당에 자리를 잡고 앉았는데, 그분들이 동석을 해도 되겠느냐고 했다. 커피도 얻어먹은 터라 흔쾌히 좋다고 했다. 이런저런 얘기를 나누다 보니 남편분이 전통 깊은 국내 모 제약 회사의 회장이었다. 실질적인 경영권은 처남에게 넘겨주고 회장으로 자리매김을 한 터였다. 회사 경영을 하는 동안의 고생과 삶을 되돌아보기도 할 겸 우선 카미노를 선택했다고 했다. 이분들은 이 카미노에 이어 유럽 여행을 계속하기로 이미 계획이 되어 있었다.

더욱 반가웠던 것은, 그분들이 우리가 살고 있는 캘리포니아 풀러턴에도 생활 근거지가 있다는 점이었다. 사업 때문에 한국과 미국을 오가며 생활하고 있다고 했다. 동네 사람 만났다며 서로 더욱 반가워했다.

산티아고에 돌아와서도 우리가 마드리드로 떠나기 전까지 함께 식사와 와인을 마시며 시간을 보냈다. 그분들이 머물고 있던, 대성당 바로 옆에 위치해 있는 '파라도르 호텔'에도 초청받아 가 보았다. 이 호텔은 예전에 왕립병원 건물이었는데 지금은 스페인의 전통적인 분위기를 재현한 최고급 국영 호텔 중의 하나다. '역시 돈이 좋구나.' 하는 생각이 들었지만 여기는 카미노이기에 크게 부럽지는 않았다. 한국의 중견 제약 업체의 회장이라는 타이틀에도 불구하고 수더분하고 겸손한 분들이었다.

캐나다에서 온 70대 부부

산티아고에 입성하는 날. 이젠 몸도 마음도 지칠 대로 지친 상태였다. 우리 앞에 여유 있게 걷는 노부부가 있었다. 다른 사람들이 옆을 지나쳐 가거나 말거나 전혀 신경 쓰지 않고, 자기들만의 속도로 묵묵히 길을 걷고 있었다. 그분들은 캐나다에서 50여 년 살아온 교포 부부였다. 이번이 벌써 일곱 번째 카미노라고 했다. 한국에는 가 본 지 꽤 오래됐다고 했다. 어떻게 이 어려운 길을 여러 번 오게 되었냐고 물었다. 처음에는 발도 아프고 너무 힘들어서 다시는 안 오겠다고 맹세했다가도, 서너 달 지나면 또다시 슬슬 생각이 난다고 했다.

이들은 산티아고가 바로 코앞인데도 내일 입성한다고 했다. 굳이 서두를
필요가 없다는 것. 은퇴한 노부부의 여유가 느껴졌다.

사단 법인 백수 신입 사원 J

60대 초반 남성. 은행을 정년퇴직하고 처음으로 마음껏, 그것도 혼자서
해 보는 여행이라고 했다. 익살스럽게 만든 명함을 내밀었다. 그의 타이틀
은 '사단 법인 백수 신입 사원'. 이제부터는 백수 노릇을 실컷 하며 살고 싶
다고 했다. 직장 생활에서 받아 온 억압감과 스트레스로부터의 해방감이
그의 얼굴에 가득했다.

그는 인스타그램도 열심히 했다. 카미노 중에도 그가 어디쯤 있는지, 그
곳의 날씨는 어떤지 등을 인스타그램에 올려놓았다. 우리의 선발대 역할을
해주고 있는 셈이었다.

에너지가 넘치는 50대 부부

초등학교 동기 동창인데 부부가 됐다고 했다. 아이가 없어서 자유롭다고
했다. 우리와 같은 날 같은 시각에 피레네산맥을 넘었다. 피레네산맥의 풍
광에 도취된 아내가 남편에게 사진을 찍으라며 뜀뛰기를 했다. 남편은 사

진작가라도 된 듯, 얼굴과 사진기를 거의 땅에 붙인 채 셔터를 눌러 댔다. 피레네산맥을 배경으로 도약하는 아내의 모습을 카메라에 멋지게 담기 위한 노력이 가상해 보였다. 하지만 구도가 잘 안 잡혔는지 아내는 폴짝 뛰기를 수없이 해 댔다. 피레네산맥을 넘는 것도 힘들 텐데 참 체력도 좋다라는 생각이 들었다.

이후에도 종종 만났다. 만날 때마다 반갑게 인사했다. 심지어는 같은 알베르게 바로 옆자리에서 자기도 했다. 이 부부도 카미노 환자였다. 카미노가 네 번째라고 했다.

한국에 돌아가서도 에너지 넘치는 삶을 살기 바란다.

뉴욕에서 온 간호사 J

우선 이분은 복장이 놀라웠다. 완전 등산복 차림이었다. 여자로 변신한 성 야고보 같았다. 산 후안 데 오르테가(San Juan de Ortega)에서 헤드라이트를 켜고 새벽에 우리와 함께 출발한 분이다. 타국에서 간호사 생활을 하는 게 그렇게 만만하지만은 않다고 했다. 카미노를 통해 이민 생활을 한번 되돌아보고 싶다고 했다.

J는 휴가를 내고 온 터라 시간이 부족하다며, 부르고스에서 우리와 헤어져 여장군처럼 먼저 떠났다. 나중에 우리보다 닷새 정도 먼저 산티아고에 도착했다고 연락이 왔다. 엄청난 강행군을 한 셈이다. 하루에 4~50킬로미

터씩은 걸은 것 같았다. 뉴욕에 도착해서도 우리를 걱정해서 잘 가고 있냐고 연락을 했다. 지금도 가끔 그때가 그립다며 카톡으로 연락이 온다. 다시 카미노를 하고 싶다고 한다. 카미노 환자가 한 명 더 생긴 것 같다.

영어 강사 출신 M

바욘에서 생장으로 가는 기차 안에서 만났다.

이민 가방 같은 엄청나게 큰 짐을 들고 같은 크기의 배낭을 메고 있었다. 기차 안에서 백인들과 수다를 떨고 이리저리 왔다 갔다 하더니, 우리 앞자리로 와서 "안녕하세요."라며 인사를 했다. 처음에는 현지에서 사는 교포려니 했다. 얘기하다 보니 이 카미노가 처음이라고 했다. 본인도 자기 모습이 이상하다고 생각했는지 물어보지 않았는데도 먼저 설명했다. 유럽 여행을 하다가 갑자기 카미노를 하고 싶어서 이곳에 왔다고 했다. 그러다 보니 짐이 이렇게 많다고 했다. 이렇게 큰 짐을 갖고 카미노를 할 수 있겠느냐고 물었더니, 동키 서비스를 이용하겠다고 했다. 천천히 시간에 구애받지 않고 걸을 수 있을 만큼만 걷겠다고 했다. 그 전에 무슨 일을 했냐고 물었더니 영어 학원 강사를 했다고 했다. 아이들 현지 연수도 시켜 주고 하다 보니, 여행이 두렵지 않다고 했다. 그동안 많은 스트레스를 받았고, 그 보상으로 가족들의 동의 하에 무제한 여행을 다니고 있다고 했다. 자유로운 영혼의 여행자라는 생각이 들었다. 6월 초에만 한국으로 돌아가면 된다고 했다. 지금이 4월 중순이니까 아직도 시간 여유가 많았다. 여자 혼자서, 그 용기가 대단하다는 생각이 들었다. 그 이후로는 만나지 못했지만, 카미노를 하면서 아내와 카톡으로 계속 안부를 묻곤 했다.

미국 선박 회사 감리사 Y

가족과 함께 영국 여행을 마친 후, 가족은 먼저 한국으로 보내고 혼자 카미노로 왔다고 했다. 회사 일로 스트레스를 너무 많이 받아 건강 상태가 좋지 않다고 했다. 그래서 머리도 식힐 겸, 생각도 할 겸, 카미노의 부름을 받았다고 했다. 미국 회사인데 한국에 지사 형식으로 있다고 했다. 한국형 스트레스가 아닌가 싶어, 미국 본사로 오면 어떻겠냐고 물었더니, 그러려고 현재 노력 중이라고 했다. 그와도 많은 날을 동행했는데 레온에서 헤어졌다. 산티아고까지 계속 갔는지는 모른다. 그는 체격은 다부지나 말수가 적었고, 얼굴에는 고단함이 묻어 있었다. 모든 것을 긍정적으로 생각하고, 회사 일에 적응을 잘하기를 바란다.

뉴저지 60대 부부와 84세 은퇴 목사님

그들이 지금쯤 어디에 계신가 하면서 늘 궁금했다. 두 부부가 처음 미국에 이민 와서 투 잡, 쓰리 잡을 뛸 때 아이들을 돌봐 주기도 하고, 어설픈 이민 생활에 길라잡이를 해주셨던, 조그만 이민 교회의 목사님이셨다고 했다. 그 은혜가 너무 고마워, 은퇴 후 한국으로 돌아가신 목사님을 모시고, 이 카미노를 함께 걷고 있다고 했다. 이 부부가 알베르게를 못 잡아서 허둥대던 모습이 안타까웠다. 연로하신 은퇴 목사님을 좀 더 편하게 모시려고 노력하는 모습이 갸륵해 보였다. 이 부부도 부킹닷컴에 의존해 숙소를 찾고 있었다. 부킹닷컴으로 다음 묵을 알베르게를 찾으면 대부분 '만실'이라고 나왔다. 성수기에는 더욱 그렇다. 우리도 처음엔 진짜 그런 줄 알고 당황하기도 했는데, 알고 보니 부킹닷컴이 확보하고 있는 물량이 없다는 뜻이지 실제로 알베르게가 없다는 뜻은 아니었다. 카미노 앱을 깔아 거기서 숙소를 찾아보시라고 귀띔해 드렸다. 산티아고까지 무사히 잘 마치고 큰 은혜 받으셨으리라 믿는다.

세 명의 60대 바이커들

카카벨로스(Cacabelos)에서 베가 데 발카르스(Vega de valcarce)까지 25 킬로미터. 25일 차 되는 날이었다. 오늘의 숙소지인 조그만 산마을, 베가 데 발카르스에 도착했다. 숙소 근처 레스토랑에서 한국 남자 바이커 세 명을 만났다. 파리 드골 공항에서부터 자전거를 타고 이곳까지 왔다고 했다. 56, 57, 58년생으로 같은 교회 성도들이라고 했다. 60대 후반 나이의 이들도 평범한 사람들은 아니었다. 얘기를 나누다 보니 우리와 같은 숙소였다.

이 알베르게에는 총 수용 인원이 이십여 명쯤 돼 보였는데 한국인이 우리

를 포함해 일곱 명이나 되었다.

참고자료

김지수, 『이어령의 마지막 수업』, 열림원, 2021

데일 카네기, 임상훈 옮김, 『자기 관리론』, 현대지성, 2021

파울로 코엘료, 박명숙 옮김, 『순례자』, 문학동네, 2006

파울로 코엘료, 최정수 옮김, 『연금술사』, 문학동네, 2001

한재욱, 『인문학을 하나님께 1, 2, 3』, 규장, 2018, 2019, 2021

인영균, 『나는 산티아고 신부다』, 분도 출판사, 2022

모건 하우절, 이자연 옮김, 『돈의 심리학』, 인플루엔셜, 2021

정찬열, 『산티아고 순례길 따라 2,000리』, 문학의식

헤밍웨이, 김동욱 옮김, 『노인과 바다』, 민음사, 2012

헤밍웨이, 김동욱 옮김, 『태양은 다시 떠오른다』, 민음사, 2012

김훈, 『자전거 여행 2』, 문학동네, 2014

김훈, 『허송세월』, 나남, 2024

정현채, 『우리는 왜 죽음을 두려워할 필요 없는가』, 비아북 출판사, 2018

장 크리스토프 뤼팽, 신성림 옮김, 『불멸의 산책』, 뮤진트리, 2015

(유튜브) 의사가 말하는 '사람이 죽기 전 나타나는 증상'